大怪莫尼

与

混血基因的感染者

高飞 著

上海文化出版社

图书在版编目（CIP）数据

大怪莫尼与混血基因的感染者 / 高飞著. -- 上海 ：
上海文化出版社，2018.6
ISBN 978-7-5535-0840-5

Ⅰ．①大… Ⅱ．①高… Ⅲ．①长篇小说－中国－当代
Ⅳ．①I247.5

中国版本图书馆 CIP 数据核字 (2017) 第 215112 号

出 版 人：姜逸青
责任编辑：何智明
装帧设计：李　冉

书　　名：大怪莫尼与混血基因的感染者
作　　者：高飞
出　　版：上海世纪出版集团　上海文化出版社
地　　址：上海市绍兴路7号　200020
发　　行：上海文艺出版社发行中心
　　　　　上海绍兴路50号　200020　www.ewen.co
印　　刷：四川省凯江印务有限公司
开　　本：890×1240　1/32
印　　张：6.5
彩　　页：8
印　　次：2018年6月第一版　2018年6月第一次印刷
国际书号：ISBN 978-7-5535-0840-5 / I·277
定　　价：48.00 元
告 读 者：如发现本书有质量问题请与印刷厂质量科联系 T：028-68332843

献　给

所有和我一样

背着梦想的书包走进魔法世界的孩子们

——高飞

前　序

　　故事的发生起因于玛特魔法医院正在发生的一起让人匪夷所思的奇怪事件。

　　一间破旧的实验室病床上，贝利安静地躺在病床上，虚弱的躯体蜷缩着，正在安静地休息。

　　狭小的空间没有阳光的照射，一切看上去有些凄凉。

　　夜晚的医院依然人来人往，每个人都在忙碌着，各种表情、声音，现场人头攒动、沸沸扬扬。

　　苏菲娜主治医生刚刚查完贝利得病房，正准备在助理的陪同下推开另一扇房门。

　　此刻，隐约中，远处传来一阵阵低沉的咆哮声，病房内，天花板上方，略带破旧感的灯光出现一阵阵闪烁，所有人停下了手里的工作，等待着未知的结果。

　　实验室病床内，灯光不停地闪烁，贝利的用完所有力气轻轻抬起身子，推了推吊在鼻子上的破旧眼镜框，抬头扫了一眼整个房间又平静地躺下，看上去非常虚弱，他隐隐感觉好像不大对劲，好像有事情要发生。

　　咆哮声继续，声音也越来越近，贝利手紧张地死死地扣着床边的铁架子，不知道外面发生了什么事，表情惊恐万分。

　　忽然，一只巨大的蝙蝠夺窗而入，蝙蝠四周环顾后直冲向躺在病床上的贝利，贝利带着满脸的惊恐和虚弱的身体奋力抵抗，但坚持了一会就昏死了过去。

　　病房外医院走廊，几分钟后，一片狼藉。

病房内，已经感染了带有变异病毒的贝利似乎也醒了过来，看上去比之前的状态好了很多，但谁也没有想到，贝利已经感染了带有神奇的自救魔力的变异病毒，正控制着他的全部。

变异病毒开始发作，病毒在贝利的血管内肆意地翻腾着，贝利时而无比疼痛地挣扎着，时而感觉全身充满了无穷的力量，忽如其来的一切让他十分地恐慌不安，或许是受了太强烈的惊吓，贝利又一次昏死过去。

当贝利体内感染的混血基因转移到另一个身体更棒的年轻人身上的时候，这个被称为混血基因的感染者，开始肆意地对这座钢筋水泥铸成的城市进行着疯狂的厮杀与破坏。

谁能拯救这场城市危机？接下来，就让我们一起期待大怪莫尼和他的小伙伴解救正在发生的一切……

故事人物：

主　　角	大怪莫尼
最佳拍档	克里
表　　哥	劳尔
眼镜男	贝利
姨　　妈	丹妮
一组魔法师代表	佛旦戈、瑞斯迪、斯丹尼、乔斯、阿尔多利、哈努那、马丽娜
教　　授	罗丽丝
校　　长	史迪文
反派代表人物	科比
二组魔法师代表	皮特 、吉米、多米亚、哈森、斯里班、提夫尼、多利尔
教育局长	拉库（科比父亲）
城市安保	猫人
安保局长	巴库
猫人斗士	猫人甲、猫人乙、猫人丙、猫人刘
队　　长	沃斯
主治医生	苏菲娜
魔法学校	曼格顿兹
魔法医院	玛特魔法医院
监　　狱	哈雷城堡

大怪莫尼和他的魔法师小伙伴们

骑着扫帚飞行的大怪莫尼

被安保局怀疑成嫌犯的魔法师

感染混血基因的透明人利达

猫人斗士（城市安保员）

练习魔法的大怪莫尼

他正在变化着各种东西

上课中的大怪莫尼正在思考新的魔法

魔法的世界里看上去一切都并不稀奇

受伤后的猫人甲一副忧伤的神情

哈雷城堡的守护者——吸血蝙蝠王

安保局局长巴库

哈雷城堡猫人斗士的随从冰火骷髅

白衣大褂正在巴库局长的办公室发着脾气

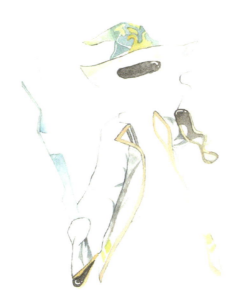

受人尊重的魔法师教授——罗丽丝

大怪莫尼手持魔法棒

大水淹没了城市中央，大怪莫尼正和他的小伙伴们为抓到透明人做最后的努力

目 录

第一章　奇怪的幻觉

清晨，当阳光透过窗户沐浴在大怪莫尼脸上的时候，他已经做好了去魔法学校上课的准备。

洗漱是大怪莫尼每天清晨起床后要做的第一件事情，他站在洗漱间照了照镜子，抬起两只手，牙杯便自己接好了温水，牙刷上面也自动挤满了牙膏，他只要张着嘴巴什么事情都不用做，刷牙的整个过程就会自动进行。

门铃声响起："叮铃"。

是每天和大怪莫尼一同去往魔法学校的好朋友克里。

大怪莫尼听到门铃声响，从洗水间冲到客厅。匆匆忙忙收拾一下，背上书包打开门。此时，克里已经站在了他的眼前，笑容永远都是那么的温暖，眼睛看着眼前这个总是要迟到的家伙大怪莫尼。

"嗨，早上好，克里！你每天都很准时。"大怪莫尼礼貌地向眼前的克里打着招呼。

"当然！迟到可不是好习惯。所以要一直保持下去，不能半途而废。"克里笑脸迎向大怪莫尼，眼神中充满了对他说话的肯定。

"对，是的。罗丽丝教授最讨厌别人迟到，他会拉下脸问你为什么会迟到？你们可都是魔法界的好学生。"大怪莫尼一边说着一边学着罗丽丝教授训人时的样子，两人哈哈大笑。

"快看。噢，不见了，他飞得可真快。"

1

　　天空上突然闪过一道强光，大怪莫尼惊慌失措地脱口而出，克里顺着大怪莫尼手指的方向看去，可并没看见什么东西。只有那稍带刺眼的阳光，瞬间让眼睛死死地紧扣，克里用最快的速度收回了眼睛，手掌半开着压着额头遮挡着刺眼的阳光生怕伤害到自己的眼睛。

　　"你在说什么？会不会看错了？除了刺眼的阳光我什么也看不见。"克里用不解的表情望着大怪莫尼，希望得到更多的答案。

　　"听好了克里，我是说我看到一个快速飞行的物体从上空划过，真的很快，我没有看错，我敢肯定。"大怪莫尼见克里用猜疑的眼神望着自己，便反问着克里：

　　"为什么这样看我？是不相信我的眼睛还是我？"

　　"不，不，不，我只希望这只是一个幻觉，你就当它是幻觉，不，我这么说你该生气了。你说得对，完全正确，它是存在的，只是我没有看到而已。"克里有些不知所措，但至少在他心里明自己并没有亲眼所见。

　　克里走下了大门口的楼梯台阶，大怪莫尼跟在后面。

　　"但愿刚刚发生的是幻觉吧！可是昨天晚上我睡得很踏实，但愿是这样！好了，我们不要争论这个话题了，该去学校了。"大怪莫尼嘴上承认是幻觉，可心里依然坚定他看到的是真的，提醒两个人该迟到了。

　　"至少是一个不明生物！"大怪莫尼一边走一边不解地在心里思索着刚刚看到的一幕。

　　每次上学的路上都会经过一个幽静的小路，路边不远处有一棵大树，每次路过的时候大树上的玩偶鸟都和他们打着招呼。

　　这一次玩偶鸟打断了大怪莫尼的思路，大怪莫尼并没有生气，微笑地看着这些每天清晨路过打招呼的小动物，更觉得他们很可爱。

这条小路还延伸着一条小路，只不过被一个小小的桥分成了两段，也是他们两个上学的必经之路，不过比起桥的另一端，显然桥的后半段小路看着多了很多人家。

这里往日每天人来人往，算得上热闹繁华，游人和路人林林总总你来我往，可是今天看上去有些奇怪，路上除了扫大街的几个人外，偶尔能看到的几个人，不是在惊慌地逃跑，就是正在准备逃跑。

这一切看上去很奇怪。

大怪莫尼和克里决定去看个究竟。

两个人加快了脚步，看了看左边，看了看右边，依然没有什么行人。

大怪莫尼在心里琢磨着，克里表现得有些茫然和紧张。

"今天看上去这个地方不对劲，莫尼！"克里提醒着同伴，自己心里一直在打鼓。

"的确是，没有行人，也没有车马过往。"

大怪莫尼也一头雾水搞不明白状况，脚步也感觉没了方向。"继续往前走看看，可能前面发生了什么事情！大家都去看热闹了。"

"如果真是这样，我们也去凑凑热闹，我一向都对新鲜事物很好奇，何况大家都在这儿，我已经迫不及待了。"克里说罢，走到了大怪莫尼前面，好奇心让克里走得比小跑还快。

"小心，克里！"大怪莫尼扯着嗓子喊着，自己在后面追着克里。

"前面好像有情况！莫尼。一大群人都集中往那边跑。"克里走在最前，看得最清楚。他提醒着同伴。

"好的，知道了！我这就跟上来。"大怪莫尼听完，散漫的步伐变得轻盈了起来，两三步就追上了克里。

两个人气喘呼呼地飞跑而来，看着眼前围着一大群人，但还是没有搞清楚发生了什么事情，只是看着大家交头接耳，议论纷纷。

就在大家议论纷纷之际，突然，头顶上空响起了清脆的预警声，声音响彻整座城市的每一处角落，这是在警告人们注意安全，这座城市正在发生或将要发生灾难。

听到这种警报声，满城开始躁动了起来。

人们开始慌乱地窜动，没出门的人关紧窗门，在外面的人四处涌动，空气顿时凝固了起来。

大街深处，赶来维持秩序的猫人斗士满当当地游浮在空中，指挥着现场越聚越多的人群，防止一切意外事件发生。

"杀人了！"人群里突然传出惊叫声，现场人群闻讯四散而跑。

大怪莫尼和克里夹杂在人群里一动不动，两个人紧紧地贴在一起，等人群散开一些准备去看个究竟。

大怪莫尼和克里站着的位置是十字路口中央，人群开始从各个路口蜂拥而至，简直是吓坏了还是朦胧少年的两个孩子。但在灾难面前，没有人能够想着去救你，一切都要靠自己。

运气好继续活着，运气差的就可能会被踩死或者踩伤。

此时的两人，除了惊叹眼前这突如其来的场景外，眼睛里满满都是惊慌失措的面孔和猫人斗士维持着现场混乱的场景，看到这座城市正遭受着的灾难外，真正发生在某一角落的危情，大怪莫尼和克里还是一无所知，他们只能等待着时机去揭开其中的答案。

大怪莫尼和克里继续夹杂在人群里，现场一片狼藉。

"杀人？一个文明城市的大白天居然杀人了。不可思议。"克里抓着大怪莫尼的身体不解地自言自语。

"等等看看什么情况！我们要想办法脱离这里，这里太危险了！对我们两个孩子来说，他们的力气可真大。"大怪莫尼被人群无情地碰撞着。

"我们用魔法让自己消失在人群中就好了。"克里抬头看着大怪莫尼。

"嗯！"大怪莫尼点头回应着克里。

两个人借着魔法的力量站在了大厦两根巨大的柱子下方，看着跑来跑去的人群，还有那狼藉的现场。

一位母亲哭着在人群中四处寻找丢失的孩子，她无力地倒在了人群里随时都有生命危险。

大怪莫尼见状，"嗖"一下用魔法棒将倒地的妇女拉到了自己身边，差点就被四处逃跑的人群伤到。

"醒醒！我是大怪莫尼，请问有什么可以帮您。"大怪莫尼低头看着躺在自己怀里疲惫的妇女，慢慢叫醒她。

"莫尼？大怪莫尼？我认识你。"妇女好像清醒了一些，认出了这个魔法界的好孩子大怪莫尼。

"大怪莫尼，真的是你，太好了，快帮我找找我的孩子，我和孩子跑丢了，是我不好。都是我太大意了，才和孩子丢失了。是我不好…

妇女说完哭得更加伤心。

"你先休息一下，等会就带你的孩子回来。"大怪莫尼轻轻地扶着妇女让她半个身子靠在大柱子旁，交给克里照顾便不见了踪影。

　　大怪莫尼在人群中闪电般地移来移去，可能是太担心小孩子的安危，大怪莫尼居然和小女孩好几次擦肩而过。他试图放慢速度，这次他停留在了小女孩身边，准备带着小女孩回到妈妈身边。

　　那边妈妈的担心促使她来不及等待，一个人又跑去了人群中，克里没有拦住。

　　大怪莫尼在人群中看见了小女孩的妈妈，便带着小女孩穿过人流正朝着妈妈的方向走来。

　　妈妈看到了被自己刚刚大意丢失的女儿，激动地朝着小女孩扑了过去，急切的心情让这位母亲使出了很大的力量从人群中挤着往前移动身体，好几次被慌乱的人群挤回了原位，但即便如此，母亲没有放弃，继续尝试了几次，这一次终于抓住了女孩的手紧紧的将她拥入了怀抱，母女相拥而泣，这一刻却容不得久留。

　　母亲担心这慌乱的人群将两人再次分开，一边帮受惊的女儿抹泪，一边拾起身子带女儿准备离开。

　　但没有想到的是，母亲刚起身，再次被慌乱而的人群分开，小女孩此时正被四散而跑的人群夹击着，随时都可能有被踩踏的危险。

　　大怪莫尼看着眼前这一幕，心急如焚，容不得半点迟疑，上前拉住妇女和她女儿的手，"嗖"一下，回到了大圆柱前。

　　克里上前给了大怪莫尼一个拥抱，轻轻地拍着莫尼的后背，赞赏着他的勇敢。

　　"谢谢你大怪莫尼，谢谢你救了我们母女，你是个好孩子，谢谢！"妇女安抚好女孩转身拉着大怪莫尼的手，真诚地表示自己的谢意。

　　"没什么，应该做的，夫人。照顾好你的孩子，我们要出发了。"

大怪莫尼松开了夫人的手，转身回到人群中，克里紧随其后。

两个孩子寻找让城市陷入混乱的不解原因，继续混在人群中，他们想要尽快找到答案，好让这里发生的一切尽快安静下来，恢复往日宁静。

他们专注的神情好像忘记了要去魔法学校，他们要找到破坏者，找到扰乱这座城市安静的破坏者。

第二章　　邪恶的追逐

城市安保大队负责维持现场秩序的任务，这些高大魁梧的猫人斗士开始注意刚刚救人的大怪莫尼。

"长官大人，这里乱成一糟，人们四散而逃，但又好像没有任何破坏者的身影，接下来怎么办？感觉很奇怪发生这一切，所有人又没有看见嫌疑人，但一个个跑得简直比兔子都要快。"一个猫人斗士不解地问着身边的长官。

"没什么奇怪的，我刚才就看到一个飞来飞去的家伙，至少看起来就非常可疑，先把他抓回来审问审问。"在猫人长官看来，大怪莫尼就是扰乱这座城市安静的罪魁祸首，听到上级下达的命令后，部分猫人斗士向大怪方向追去。

两个孩子显然不清楚猫人已经盯上了自己，他们只顾朝着人群中央走去。

两个人穿梭在人群中，观察着每一个人，生怕漏过任何细节，走着走着，两人朝着不同的方位前行，显然，他们走散了。

大怪莫尼和克里都意识到和对方走散了，便在人群中相互寻找着对方，克里看起来更担心一些，他四处张望，大怪莫尼沿着人群夹缝没有方向地前进，但看得出来他很着急。

克里走两步，拨开大人的肢体看一看远处，依然不见大怪莫尼的影子，克里挠着头正在为大怪莫尼的去向担心，大怪莫尼骑着魔杖正在人群上空向自己打着招呼。

"莫尼！"

克里抬起头向头顶的大怪莫尼招手示意，人群一阵骚动看着头顶的大怪莫尼，但很快就平静了下来，显然是大家伙认出了他。

猫人向着人群聚集的方位也赶了过来。

"嗨！我说大怪莫尼，很高兴在这里见到你，我们有一些情况需要你配合我们的调查，请和我们走一趟。"带队的猫人骑着飞行器，看着眼前这个魔法无敌的男孩子。

"为什么要带走一个孩子？大怪莫尼是好人，他救了我的孩子。"刚刚获救的母女不知道什么来到了人群中，站在了克里的身边。

"是的！我敢肯定今天发生的事情和大怪莫尼无关，他还只是个孩子。"人群里又冒出来一句，嗓音虽然有些沙哑，但语气很坚定。

"是的，不是我们干的。你们应该把更多的时间放在研究如何对付坏人上，而不是浪费在我们身上。"克里气愤地冲着盘旋在头顶的猫人大喊着。

"哦！我想你一定是误会了。听我说孩子，了解一些情况对我们来说很重要。当然对你们也很重要。我们并没有恶意。"带队的猫人安抚着现场群众和这个教训自己的孩子。

"克里，快走。"大怪莫尼意识到被猫人斗士带走，就一定会耽误今天的课程，便想到了逃跑。

克里领悟到了大怪莫尼的意思，趁着猫人没有注意，两个人骑着魔杖，扬长而去。

"快去追上两个孩子，不要伤害到他们。！"猫人队长一声令下，猫人沿着大怪莫尼和克里逃走的方向追去，此时此刻，人群才安静了一些。

但也不排除人群中有质疑的声音，但一切的结果还要等真正的凶手显身，毕竟在这里杀人不见血的除了魔法学校的两个孩子有这个能力，目前还找不到第三个人。

大怪莫尼变换着飞行的姿势，时而低空俯冲，时而极速升空，时而来个紧急刹车，时而又像离线飞行的箭，搞得身后追上来的猫人来不及躲闪迎面相撞，纷纷狼狈地掉在地面，还有的追着追着就追丢了。

猫人斗士一路追得疲惫不堪，猫人队长看在眼里，心里憋着气，自己朝大怪莫尼的方向追去。

大怪莫尼见猫人队长追了上来，看着他气喘呼呼的样子，也不打算跟他玩了。

大怪莫尼收起魔杖来到地面一处干净的草坪上，克里也跟着下来了。

"我想我们应该好好谈谈。大怪莫尼！"紧随克里身后下来的猫人队长喘着粗气看着大怪莫尼，"别跑了，只是需要你配合一下我们的工作而已。如果真的不是你们干的，就应该大大方方的跟着我去一趟。"

"我没有理由和你去，我们还要去上课，猫人长官。"大怪莫尼虽然很生气，但还是在心里克制着。

"上课的事情我看还是等一等，目前的事情关系重大，在刚才的现场能够飞来飞去的也就你两个。大家都看在眼里，找出凶手是我们作为安保员保卫人民的职责，所以还请两位小朋友配合。

再说了，如果我这个大人硬来，不知道的人还以为我欺负小孩。"猫人队长累得低着头继续喘着粗气，根本就没有意识到，自己说大道理的时候，两个孩子已经离开了。

"哦！该死！两个小屁孩不见了。"

猫人队长让自己喘了喘气，平静下来刚要继续劝说大怪莫尼和自己回一趟安保局的时候，发现两个孩子已经不在自己身边了，于是站起来哭笑不得地在心里责怪自己刚才过于大意。。

"头，接到上级指令，让我们去一趟美丽的大提琴海保险公司，说是处理更重要的事情，两个孩子可以缓一缓带回去。"猫人带着文件递给队长。

"缓一缓！可笑。人在哪里？还缓一缓带回去。"猫人队长将心中怒火撒向自己的下属队员。

不明真相的报信员猫人只好接受这突如其来的谩骂，心里除了莫名其妙，还有什么可以违抗的？

大怪莫尼也在第一时间听到了有关大提琴海保险公司的事情，带上克里也赶了过来。只是他们现在的身份比较特殊，躲在不远处的旧房子下面观望着眼前看到的一切，随时准备拯救全人类。

"刚才追我们的那个帅叔叔。"克里看到了猫人队长提醒着大怪莫尼。

"希望他不要记恨我们。"大怪莫尼因为没有打招呼走开，心里有一点内疚。

"我们本来就没有做错什么！还帮助他们找凶手，结果还被他们追，把我们当成了杀人凶手，还要带回去调查。简直就是不讲道理。"克里很郁闷发着牢骚。

大提琴海保险公司大厦门前，不知道什么时候已经拉起了警戒线，猫人整齐地站在两旁把守着，队长和大厦里出来迎接的人交谈着什么。很快大家一起向楼梯的方向走去留在外面围观的人群被猫人推到更加外围的空地，猫人的举动预示着这里刚刚发生过一场重大案件。

被推到黄线条外的人群议论纷纷，大怪莫尼和克里为了弄清楚，于是也混入人群，站在事发地更近一些的地方。

为了遮人耳目被猫人认出来，两个人始终低着头站在原地，听着这里刚刚发生过的事情。

"这是真的吗？是你亲眼看见一个半透明物体所作所为？"大怪莫尼惊讶地看着老太太和路人的对话："当然，我老太太是老了一点，但眼睛还不花。"听完老太太嘴巴里那半透明物体，让大怪莫尼一下子恍然大悟，突然想起早上出门看到天空上的那道透明物的情景，一下子满脑子的回忆。

抢救和治安维护工作在大提琴海保险公司楼下有条不紊地进行。

"你在想什么？莫尼！"克里发现大怪莫尼的表情，不解地询问着。

"不要打断我。"大怪莫尼闭着眼睛尽力去回想得完整一些，让自己再安静一些更好地去思考，突然想到了什么，睁开眼睛拉住克里的手，"还记得早上我和你说的吗？一道光，闪过的一道光！"

"你是想说凶手是一道光？"克里更加摸不着头脑地看着大怪莫尼，思绪看上去很乱，听着大怪莫尼的解释，一脸惆怅。

"NO，我是说，那道光可能是一个人。"大怪莫尼说着犹豫了一下，但还是说出了自己的猜测。

"一个人？"克里一脸懵逼地看着大怪莫尼。

"对，一个人。"大怪莫尼重复着克里的话，他接着说完了蒙蔽世人的整个道理，"在魔法书本上有记载，在魔法界有一种透明物体，就是透明人。他们是因为练习魔法走火入魔导致的，确切地说，他们的曾经就是现在的我们。学习魔法只是为了掌握一技之长，但有些贪念的人为了某种目的，学习魔法界中最高的境界急功近利而毁了自己，他们没有了躯体，但他们靠着坚强的灵魂依然活在这个世界上，比例为万分之一，剩余的那些人多数都化为乌云烟消云散。他们这些活下来的幸运人，就是书本上记载的透明人，为了达到某些目的，他们只能借助人类的思想和躯体去完成这一切。这种物种最可怕的是将身体的混血基因传染给人类，只有我们魔法才能抵御和消灭他。"

"你是说，早上你看到了那个万分之一？"克里像是灵魂开窍一样，瞬间明白了早上发生过的一切，最后露出了灿烂的笑容。

"要么我们再确认一下老奶奶看到的物体。"大怪莫尼说罢，眼睛看着老奶奶的方向。

"嗯，莫尼。"克里握着拳头，向大怪莫尼点了点头。

两个人走近了老奶奶，站在她身边。但没有好意思去打断她和别人的谈话。低着头，用心地在他身边听着。

"听着先生，我确定我看到了一个透明物体飞进了大提琴海保险公司的大楼。样子有点像是，对了，样子有点像是这个。"老太太不慌不忙地边回忆边娓娓道来她的亲眼所见。，突然抬起了自己的鞋子，那双绿色的袜子显得格外与众不同！鞋子上挂着一个透明模样的玩偶。

"透明人？原来真有透明人？太好了。"克里激动地大喊一声，看着眼前这位白发苍苍的可爱老人。

大怪莫尼半蹲着身子，仔细看着老奶奶鞋面上那只玩偶挂件。

老奶奶被大怪莫尼的行为弄得不知所措，只是看了看右边站着的先生，再看看左边哈哈大笑的克里，最后将目光落在了大怪莫尼身上。"看来你很喜欢它，小伙子。"

"是的，奶奶。可以送给我吗？"大怪莫尼见老奶奶发现了自己，起身微笑着看着老奶奶。

"好，我送给你。但我弯腰已经很吃力了，需要你的帮助。"老奶奶吃力地尝试了一下，收回了弯下的身子。

"我来。"克里说完一个健步来到老人身边，取下了挂在鞋面上的透明玩偶，交到了老奶奶的手里。

"谢谢你，刚才是你在嘲笑我脚上穿着的那双绿色袜子，我也觉得很好笑，它很绿和我的年纪不怎么搭配。"老奶奶自嘲地说着俏皮话，逗乐了大家。

只有克里表现得很紧张，为自己说情，"没有，没有。我绝对没有这个意思。不信，可以问我的好朋友大怪莫尼。"

"什么，大怪莫尼？"老奶奶激动地看着眼前的这个孩子，握着克里的手。"你也来了，以前知道有这个人的存在，今天终于见到真人了，太开心了我这个老婆子。"

"不是我，是他。"克里尴尬地指了指身旁的男孩。

见克里说漏了嘴，老奶奶想见自己，大怪莫尼主动上前握住了老奶奶的手，微笑着看着老奶奶，笑容像花一样盛开。

"原来是大怪莫尼先生也来了，听说你是魔法学校最棒的魔法师，今天见到你很开心。" 老奶奶身边的先生也认出了大怪莫尼。

"大怪莫尼！"很高心看到你真人，一个年轻一些的人抚摸着大怪莫尼的头，我也想送我孩子去魔法学校，那可真是一个好地方。"

"想必他是来报案的，他知道今天发生的事情是谁做的。"一个提着菜篮子的妇女凑了过来。

"如果你知道透明物体的事情，就去告诉猫人，他们正在四处寻找着线索，说不定你会立大功的。"老太太说完满意地看看大怪莫尼，已经忘记了手里的玩偶是要送给眼前这个孩子的。

大怪莫尼担心身份被猫人发现，回避了老太太的提议，"对不起老奶奶，我不知道，至少我不敢肯定，我想该和我的伙伴去学校了，不然可能会遇到麻烦！"大怪莫尼心里想着那些猫人知道了自己就在他们身边，一定会又来骚扰自己。想到这里便带着克里马上离开。

"老奶奶，我们该走了。"大怪莫尼和老太太告别后，两个孩子便离开了人群向远处走去。

"她好像不愿意送给你那只玩偶。"克里见大怪莫尼空手而走，没有忍住说出此话。

"这本来就不属于自己的，克里。"大怪莫尼反而安慰着同伴。也算是告诉他不是自己的东西坚决不能要。

可克里没有想到，是老奶奶到了年纪忘性大，老奶奶要是想起来一定会叫停他们的步伐。

大怪莫尼心里清楚一定是老奶奶忘记了，他担心的是老奶奶忽然想起来，更担心的是走远了被突然大声叫住，因为自己的名字这个时候不光是被普通人关注，还有那群在他看来笨笨的猫人。

果不其然，越是担心啥越是来啥。忽然就听到后面有人大叫自己的名字。

"大怪莫尼，送给你的玩偶还没有交给你。你回来拿。"老奶奶扯着嗓门向大怪莫尼走远的方位喊去。

听见这话的大怪莫尼怎么可能折返回去，因为回去就是给自己找麻烦。

克里也没有想着要返回，只是说了一句"看来老奶奶想起来了。"两个人继续往魔法学校的方向前进。老奶奶的叫喊声没有叫回来两个孩子，猫人斗士倒是过来了一大帮。

"你说什么？大怪莫尼，在哪里？快去找……。"老奶奶的大嗓门惊动了刚才还看似淡定的猫人。

猫人下达了追赶令，成群结队的猫人俯冲前进，朝着大怪莫尼和克里远去的方向拼命追赶而去。

两个孩子还在边走边聊天，哪里想到猫人又追了上来。直到眼看前方遭遇猫人的拦截，后方被猫人追赶，这才知道遇到了麻烦。

"怎么又是你们？"大怪莫尼无奈地摇摇头。

"要么让他们观赏一下我们的速度？"克里征求着大怪莫尼的意见。

"这是个好主意。"大怪莫尼偷笑着回应着克里。

两个人骑在魔杖上，向前疾驰而去。

猫人见状，心急如焚，上次失手，这次再让两个孩子跑了就真没有办法给上司交代了，弄不好要吃处分。

想到这里，猫人发出救援信号。

只见一个猫人手里拿了一根管子，点燃后"砰"地打出了一组烟花，烟花图案是安保队的队徽。

不一会的工夫，天空中聚集了从四面八方赶来的猫人加入到队伍中，看上去有点法网恢恢疏而不漏的强大阵势。

但在大怪莫尼和克里看来，那些只不过都是小把戏。

"大家分头行动，找到两个孩子，把他们带回来配合调查。如果他们赶到魔法学校，我们就等着回去一个个挨骂吧。"猫人下达指令。

猫人接受完命令，骑着飞行器更加疯狂地追赶了上去，因为每个执行任务的猫人都清楚，到了魔法界的地盘，是绝对不可肆意触碰的，所以只能狠命地加快速度拦截才是唯一出路。

猫人分散了队伍，密密麻麻像只大网似地围住了大怪莫尼和克里的去路。

大怪莫尼和克里为了及早赶去学校不被教授批评。想尽办法也要冲过去。

大怪莫尼递给克里一个眼神，顺势将身体压得更低了一些，速度也更快了一些，成功地冲过了猫人人墙战术的包围。

大怪莫尼和克里大声欢呼着，两人为刚才成功突围猫人防线逃脱胜利击掌言笑。

猫人斗士并没有放弃，依然锲而不舍地追赶着，但是眼看就要来到魔法学校的地盘。

不远处一座城堡屹立在大家眼前，这就是著名的曼格顿兹魔法学校。

"哇！太壮观了。"猫人队伍里发出这样的感叹声。

"是呀！简直不可思议，太壮观了。"队伍里有人这样评价着看到的城堡。

"太不可思议。"最前面的猫人惊讶地张开了嘴巴，所有的猫人都被这宏伟建筑震撼到了心灵，每个人呆呆地看着眼前的一切。

大怪莫尼和克里看到猫人一个个惊讶的表情，似乎完全忘记了他们的存在，于是两个人转身先回了魔法学校。

过了一会，猫人才缓过神来。

但一切都晚了，任凭猫人如何飞行前进，都被一道巨大的弧线挡在外面，弧线呈半圆形透明色，像是一个巨大的球体挡住了他们的道路，使猫人们纷纷止步不前，因为只有懂魔法的人才可以进进出出。

最后再怎么努力想办法，都是无计可施，猫人只好垂头丧气地返回安保局，等待他们的除了处分，还有巴克局长无情地谩骂。

第三章　都是谣言惹的祸

大街上人头攒动，但好像已经少了很多人。很多市民在猫人的疏导下开始慢慢散去，城市也相对安静了许多。

但每个人心里都有一个疑问，凶手到底是谁？

巴库局长坐在办公室不停地抽着香烟，在他看来，除了顶着上级的压力，就是尽快找到真凶才能彻底平复市民恐慌不安的心。

尽管如此，整个城市到处蔓延着种种谣言。

"现在大家都在议论，我们可是顶着十足的压力，只要一天不抓住真正的凶手，市民就要在恍恍惚惚中度过每一日。"

巴库局长点起烟斗，眉头紧皱看着每一位下属。没有一个人说话，都是默默地低着头。"我想听听你的意见，尼罗。"

尼罗听到命令，立即起身站直了身体，稍微思考了一下，看着大家，看看巴库局长。"发生这样的事件，完全出乎我们的预料。凶手来无影去无踪，现场唯一的线索就是一道透明物状的东西，这是当时捕捉到的现场照片。"尼罗说罢，往桌面上丢下了几张照片，照片里当天的场景闪现在巴库局长眼里。

巴库局长仔细端详着照片，若有所思地继续问道："接下来的计划，我想听听。总不能丢几张照片就结束了。"

"是的长官，我的建议是先带大怪莫尼回来，他还有一个搭档。请他们回来配合我们的调查工作，现在他们的嫌疑是最大的，能够神出鬼没的行动并不被人发现。目前最大的嫌疑人就是两个来自魔法学校的学生，大怪莫尼和克里，看看他们的身手可不一般。"尼罗说罢，从口袋里掏出两张照片举着手给巴库局长看。

照片里大怪莫尼和克里骑着魔杖在城市上空飞来飞去，一会就不见了。

"我同意你的提议，但我亲爱的下属，一定不能冒犯了魔法学校的其他师生以及我们要找的两个孩子。虽然他们的嫌疑最大，但现在仅仅是嫌疑人，要想办法动脑子去请回来配合我们的调查工作，注意工作方式。"巴库局长看完照片上的情景，抱着试一试的态度吩咐着自己的下属。"是，长官。"尼罗敬了一个礼，目光看着开会的其他猫人，"大家分头准备，择机行动，目前所有的答案就在两个孩子身上了。"

会议结束后，所有猫人起身离开会议室。

分到任务的猫人斗士们默默地开始祈祷，祈祷赶快抓到凶手，祈祷那个半透明人早日被捉拿归案，祈祷不是大怪莫尼所作所为，祈祷太多的未知，祈祷有一个新的明天。

魔法学校的三班课堂内，同学们正在上着自习课。

迟到的两人悄悄地溜进了教室，乖乖地坐在了属于自己的位子上。

大怪莫尼随手翻阅课桌上的一本书，故作淡定，防止被罗丽丝教授发现。

克里回到座位喘着粗气，抹着额头的汗水，好像刚刚做了很出体力的工作。身旁的马丽娜见状便问，"你好，克里！你看上去好像很累的样子。"

"噢，是吗？我怎么觉得我此刻无比强壮。"克里故意抬起手臂（左右手臂肌肉化身成两只虎冲着马丽娜怒吼），向马丽娜炫耀自己的强壮和健康，但还是被马丽娜和同学看了出来他是在死撑着，越来越多的同学丢给克里鄙视的眼神，克里手忙脚乱收回了刚刚还在炫耀的手臂，冲着大家尴尬一笑。

"你的肌肉也就如此而已？"马丽娜在一旁逗趣地说着，举起双臂（左右手臂肌肉化身成两条龙冲着克里怒吼，看上去明显强壮很多）。

"哈哈哈，怎么样，你的确看起来有点虚，而且还有点神神秘秘的，能告诉我们发生了什么事吗？或者你恋爱了？"马丽娜展示了自己的威力，不忘打趣调侃着一旁的克里。

"这是秘密，不能告诉你，至少现在还是个秘密！"克里说完，用眼睛瞄了一眼课桌对面认真看书的大怪莫尼。

大怪莫尼见大家的眼神都集中到了自己的身上，只是微笑着回应了一下大家并没有说什么。

马丽娜望着大怪莫尼，面露微笑，心里在想，就凭你们两个还能瞒得过我？ 马丽娜心里说完收回了笑脸，瞪着眼睛白了一眼身旁的克里，然后击退了大家看过来的眼神。

克里见此刻的氛围有点怪怪的，主动站起来走向大怪莫尼，"大怪莫尼，我想应该瞒不过去，是不是可以和大家分享今天发生的事情，这应该算是一个不错的头条新闻。"克里见大怪莫尼没有阻拦的意思，接着说，"其实是这样的。"

"等等。"大怪莫尼放下手里的书，打断了克里想要说的话，站起身子走到了同学们的中间。

"没错，今天我们遇到了麻烦，很抱歉让大家看了出来，我没有要隐瞒的意思，克里也是一样，但是我担心给大家添麻烦，而且事情的经过很复杂。"大怪莫尼的一席话，让同学们更是摸不到头脑，纷纷小心议论。

大怪莫尼见自己越描越黑，干脆让自己说得更直白一些，"我们惹了麻烦，现在被猫人追踪，他们不会善罢甘休的，还会回来的。这件事情说起来真的有点复杂，一个半透明人， 袭击了整个城市，袭击了很多无辜的人，大提琴海保险人质被杀害，整个城市除了魔法学校到处都是一片黑暗混乱，市民人心惶惶，可气的是那些猫人，非要把我和克里看成是这场灾难出现的嫌疑犯而不是救世主，幸好我们跑得及时，不然现在应该在安保局待着。更糟糕的是，猫人为了给市民一个交代，至少在没有找到那个半透明人之前，猫人很可能还会回来带我们去调查。"

听到大怪莫尼的难处，小个子哈斯第一个举手力挺大怪莫尼和克里，"我相信你们是无辜的。"随后，大家也都举起手表示支持大怪莫尼和克里。大怪莫尼看着同学们，微笑着回敬大家对自己的信任。心里的石头也终于可以放下来了，还要感谢克里，感谢他的陪伴。

但也有没有举手的，他就是教育局长拉库的儿子科比。

班级里也只有坏小子科比和他的小伙伴们没有举手， 同学们看在眼里气在心中。但他的老爸比较厉害，同学们一般都会远远地躲着他，这在科比看来，也是他想要和同学们保持的距离。

科比见同学们都散开了，突然叫停了也准备回到自己位子的大怪莫尼，只见他奸笑地冲着大怪莫尼，虚伪地拍着巴掌也来到了大怪莫尼的身边。

"你好！科比。"大怪莫尼转身见是科比，便礼貌地打着招呼。

"你被猫人当成了嫌疑犯，哈哈哈，太好笑了。"科比夸张的表情引起了大怪莫尼表哥劳尔的不满。

"这个很好笑吗？收起你那令人反感的笑脸，简直就是过街老鼠（劳尔说到这里指着远处的一盆鲜花变成的老鼠嘲笑着科比），"劳尔心中有着厚厚的不满，毫不客气地当众取笑科比。

见劳尔嘲笑自己，科比出手还击。

（科比用魔法棒点化了远处正被植物欺负的老鼠化成烟雾散开）

"呦呦呦，你们瞧瞧，劳尔又为自己的表弟打抱不平了。"科比也不甘示弱地和劳尔针锋相对。

"大家都别说了，这件事情自有公道，随他去吧！"大怪莫尼走到两人中间，摊开手阻止双方身体上的靠近，试图化解双方的矛盾，平息大家的不愉快。

"没必要和流氓讲道理，他一向都是霸王作风！"马丽娜看不惯，插了一句讽刺科比的话。

"臭丫头，你最好闭嘴。"科比坏坏地看了一眼马丽娜，提醒她不要多管闲事。

"就是，你就是大怪莫尼的跟屁虫。"科比同伴杰夫站出来挑衅地嘲讽着马丽娜，说完科比和他的小伙伴们哈哈大笑起来，笑声贯穿了整个课堂。

"闭上嘴的应该是你！你不也是科比的跟屁虫吗？跟屁虫怎么了，我觉得很好啊！"马丽娜拿起魔法棒指向刚刚嘲讽自己的人，那小子嘴巴瞬间肿胀得跟热狗肠似地，没有了刚才的嚣张气焰。

科比出手迅速，把刚刚还美丽的马丽娜变成了一堆恶心的肉球，大怪莫尼出手相救，马丽娜才瞬间又恢复了原型。

马丽娜刚要提起魔法棒报复，楼梯深处传来了罗丽丝教授的声音，大家这才都回到了自己的桌前安静了下来。"课堂里听起来很吵！"

此时,只见罗丽丝教授拿着一张报纸从黑暗的楼梯深处走来（带路的是两根燃烧的蜡烛），看罗丽丝脸上的表情，已经猜出他有些不高兴。

"大家安静，我想在这里向大家宣布一件事。是关于今天我们这座城市遇到的一些不愉快的事。可能还牵扯到大怪莫尼和克里（报纸画面上猫人追逐大怪莫尼和克里的影像在重复上演）。"

罗丽丝教授接着说："大家不要感到惊讶,惊讶的不是他们两个人上了报纸,而是……是他们两个被怀疑是大提琴海保险公司杀害人质的嫌犯!"

罗丽丝教授宣读完这个消息,将手里的报纸放在课桌上。

他看着所有的孩子,还在期待大家的喧闹和议论,但此时变得异常安静,这场景让罗丽丝教授有些措手不及。

"看来今天发生的事情你们比我先知道一步。"罗丽丝看着安静的同学们,将目光停留在了大怪莫尼的身上。

"罗丽丝教授!是我说的,我已经把今天发生的事情和大家说了一遍。"大怪莫尼尴尬地看着罗丽丝教授,看着克里。

"对,是的,我也有补充。"克里的话让同学们都捂着嘴巴笑起来,他总是那么爱出洋相。

马丽娜听完克里一席话不经意打了一个冷颤,心里在想克里把自己当成了校长,新来的同学也不知道克里哪里来的自信咬了一下手指,所有人都看着克里,看着讲台上的罗丽丝教授。

"大家安静,安静。"罗丽丝打断了学生们的话,显得有点不耐烦,"既然猫人不会善罢甘休,还社会一个公道,也还你们一个清白,我想我们应该想一想对策,报纸上已经公示了,希望我们魔法学校配合这次调查,所以我想问问大怪和克里的意见!"罗丽丝教授说完将目光停留在了克里和大怪莫尼的身上。

大怪莫尼见同学们和罗丽丝教授都看着自己,有些不好意思红着脸微笑着说,"哦,好吧!我愿意接受安保局的调查。给市民一个交代,还我们魔法界清白。"大怪莫尼先起身表明了态度。

"我也是!"克里随后站起身来作了表态,尽管看上去有些不情愿。

"很好孩子们,你们很有担当,你们的勇气值得表扬,为了证明你们的清白,我建议去猫人那里接受调查,还你们自己一个清白,也还我们魔法学校一个清白(说到这里,一群黑鸽子从楼梯深处飞了出来,落在了罗丽丝教授的身上和讲台桌前,黑鸽子那愤怒的眼神明显看起来有些愤愤不平)。"

"罗丽丝教授,不如让我们去对付那些愚笨的猫人,他们活着反正也是死了。"鸽子王将一只脚搭在罗丽丝教授平日喝茶的茶杯上,也不担心罗丽丝教授用魔法教训自己,这大胆的行为和举动证明了鸽子王内心的怒火。可想而知,它已经有些不顾一切了。

一排小鸽子听完鸽子王的发言,一个个怒目凶光,响应着鸽子王的号召。

大怪莫尼见状赶紧上前解围,"还是不要了,打架是解决不了任何问题的,我想只有面对才能解决问题!而且我和克里也想证明自己的清白,不过,还是很感谢你的心意,谢谢,鸽子王先生!"大怪莫尼说完,上前抚摸着鸽子王。

"好吧好吧,我们的大怪莫尼现在已经是大孩子了,可以尝试去处理一些事情了,只不过我们的徒子徒孙们又少了一个实战的机会!"鸽子王走了两步,身子靠在了罗丽丝教授的身上,看上去有些失落。

其他鸽子见状,愤怒的表情更加愤怒了,见大怪莫尼阻拦了它们的热情,顿时一个个捶胸顿足、抓耳挠腮,其中一个鸽子气得直哭,飞走了,应该是个母鸽子,自己的男朋友看不下去,也紧追了过去。

剩下的鸽子也都接二连三地飞走了。

教堂里的学生一时间都没有了主意,大家期待着罗丽丝教授的旨意,科比还是一副事不关己,高高挂起的样子,马丽娜、劳尔都为好朋友担心着，希望大怪莫尼和克里一切都顺利。

罗丽丝教授抚摸了鸽子王后，缓缓地走下讲台，来到了大怪莫尼身边，伸手拍了拍大怪莫尼的肩膀，微笑着说，"大怪莫尼，我们相信你的清白，当然还有克里，勇敢地去面对吧，我和同学们都支持你们，包括校长大人。"罗丽丝教授的话音刚落，教堂里便想起了热烈的掌声，大家彼此鼓励着、彼此微笑着，传递的正能量扩大到了教堂外，河里的鱼儿飞跃、树上的鸟儿欢歌，城堡四处一派欢庆。

"哦！耶！哈哈哈……太开心啦"克里再也压抑不住内心的激动，大声喊出来，完全忽视了还是上课时间的他，继续欢呼着，呐喊着。

劳尔走上前和大怪莫尼击掌鼓励。

马丽娜也走上前拥抱了一下大怪莫尼。

所有同学都围了上来，大家一一拥抱着大怪莫尼。这个时候，就连科比的小伙伴们也被感动地上前送上了拥抱，留下最后的科比也无奈地加入其中。

掌声在课堂里响起。

"感谢罗丽丝教授，感谢同学们，谢谢科比。"大怪莫尼的心情此时此刻很激动，最后握着上前道贺科比的手表达自己的谢意。

克里走过来给了大怪一个紧紧的拥抱，两个人互相鼓励着，做好出发前的最后准备。

"快看，有东西飞过！"站在同学们最后排的小眼睛李第一个发出了惊叹的声音，话音刚落，大家都跑去了窗前。

大怪莫尼紧贴着窗口，想看得仔细一些，窗口也被他期待的心情推开，但也什么都没有看见，看来自己的动作还是慢了一步，但大怪莫尼也更加肯定刚刚飞过的不明物体就是真正的凶手，他的内心坚定，拉着一旁的克里，和同学们、和罗丽丝教授道别后，骑上魔杖朝着安保局的方向远去。

在大怪莫尼看来，一切误会都需要去当面解决，只有这样才能止住谣言，虽然要受点委屈，但魔法学校的荣誉高于一切。他要去证明自己的清白、证明魔法界的清白。

同学们看着大怪莫尼远去的身影，每个人都在心里祈祷着。课堂里恢复了暂时的安静。

第四章　　安保局惊魂

大提琴海保险公司事件持续发酵，上级的压力和市民的议论，让安保局的每个安保人员人心惶惶，每个人感觉心头都像是压了一块石头，有些喘不过气来。

自从发生袭击事件以来，已经很少有人前去办理保险了。

大提琴海保险公司担心他们有可能遭到新一轮的袭击，所以高层人士决定，在没有抓到罪犯之前，大提琴海保险公司先不对外开张，大门紧闭。

在大提琴海保险公司的高层会上，大家更是持有相同的观点。

大提琴海保险公司行政楼层的圆桌会议上，几位高层正在商议着对策，唯恐凶手再次发动袭击，整个会议室充满了凝重的气氛。

穿着灰色西装的总裁首先发话了："首先，我想对这次事件造成的人员伤亡表示深深的谴责，我想对在座的各位高层管理经理说，这样的事情来得太过于突然，让我们来不及规避灾难。可以说，大提琴海保险公司的这次遭劫是百年不遇的，我们的保卫设施在全球都是一流的，只能说那个前来洗礼的家伙太厉害了，连红外线摄影机都未拍摄下他的行踪，不能不说这让人有些提心吊胆。" 总裁说到这里环顾了一圈，看大家情绪有些紧张，于是换了口吻接着说，"各位不用担心， 这件事情安保局一定会给我们一个说法，猫人治安队还是有很多办法可以缉拿真凶，就让我们等待胜利的消息，他们保证一个月内抓住袭击凶手，我想这一点，明天就应该有个答案，所以大家大可不必担心，不必，没有必要的，看看我现在一样的晨起跑步，一样的每天定时打高尔夫球，或者打打乒乓球，这可是休闲放松的最佳方式，紧张的时候一定要保持好心情，还要保持锻炼。好了，我说完了！你们有没有要说的，说说吧！听听大家的意见，也许有新的发现。"

大提琴海保险公司的总裁说完，慵懒地坐在转椅上看着大家，深深地喝了一口会议桌上那冒着热气的红茶，期待听到大家不同的声音。

"我能不能说说，谈谈我对这件事情的看法。"一个大长脸的瘦人站了起来，自告奋勇说道。

"很好，每个人的意见都很重要，我想听听你的想法，虽然我并不认识你这个新人，说吧！"

这是总裁等了半天的结局，终于看到有人出来发表看法，总裁看上去很高兴。

"我的想法是，保险公司已经多日没有人来办理保险了，这个月的薪水还有没有？是的，这是我最关心的。我这个人说话就是这么直，还请别怪我。你们大家也是，你们只是不敢说出来，而我，而我则不一样，我能把内心所想的说出来，对，这叫直率。我想我说这些，头儿，你应该不会生气对吧？头儿？"

瘦高个子的黑色肌肤男说完笑了笑，然后坐回了位子，旁听的人只是惊讶地看着他，总裁已经克制地吹了一口气，一脸的失望。

这种情况下，总裁是要站出来安抚大家的，于是，强装无所事事地站了起来，走到了瘦人高个子男身边停留下了脚步。

"你是个勇敢的人，我很欣赏你的直率，此时此刻还能想着生活的另一部分，非常难能可贵，至少说明你是个诚实的人。"总裁压着心中怒火，每个高层都看出来了，只有这个刚刚被提拔的家伙说话着实不分场合。

"老板你在夸我，太开心了。"黑瘦男竟然体会不到大家投来的眼神，欣喜地合不拢嘴。

"等等，"总裁见黑瘦男得意忘形的样子，不分场合的话语，再也忍不住话锋一转，"可是，你所说的这些，不应该现在说出来，因为我们正面临一场危机，被不法分子袭击，你却现在关心你的薪水，这让我对你大失所望，所以我现在宣布，你的职位我会安排其他人负责！"总裁毫不客气当场辞退了刚刚被提拔起的黑瘦男。

总裁宣布后，大家的掌声就响了起来，这个掌声表示对黑瘦男辞退的支持。

现场的高层各怀心事，有暗自为少了一个竞争同事窃喜的，有感到惊讶的，有事不关己，高高挂起的，有故作回避的，但最丰富表情和激动的就是被刚刚开除了的黑瘦男。

只见他一个健步来到了总裁身边，一脸的委屈一脸的不欢。

"不，怎么说开除就开除我，这不公平，你一向都是喜欢直率的人，但这一次，你为什么改变了主意？难道你是个没有定性的人，你怎么可以这样对我，老板？说开除某一个人就开除某一个人，你最少得通过全体会议。必须是每个人都得举手才算，如果有一个人不举起手，我都不会投降，不会选择离开这儿。"

说到这，年轻人有些浮躁地左顾右看，因为他能不能继续留下来，全靠在会议桌开会的这些同事了，所以他的眼神一直在哀求着大家，环顾了一圈。

会议圆桌其他的同事在他说完这些话以后，纷纷都举起手，没有丝毫的犹豫，只想他赶快离开这里。

"嗨、嗨！快看呀，我的人缘多好。这是为什么？为什么？你们怎么都能和头儿想到一块去那？好吧！看来我的确是得回家卖红薯了，但是我不服，我会控告你们这些举起手的人，就告你们恶意想要让我失去工作。是的，没错！你们如此对我，一定要遭报应的，一定会的，你们就等着瞧吧！就等着……"

话音未落，一个透明物体就破窗而入。

"砰"地一声，撞碎的玻璃四处飞溅，然后落脚在大厅的中央。

所有正在开会的人被这突来的一幕惊得张大嘴巴，纷纷起身后退，没有人想做第一个冤死鬼。

片刻，正在理论的黑瘦男先是被突如其来的透明人吓了一跳，但接着他站起身子移过去，试探性地靠近透明人，其余人全部躲到了墙角一处，担惊受怕地蜷缩成一团，没有人愿意直视眼前将要发生的事情。

透明人用眼睛盯着上前来的黑瘦男，关注着他的一举一动，好像在说："这家伙好像活得有些不耐烦。"

在场的所有人也不知道黑瘦男是真的胆子大还是傻，他居然一个人挑逗不速之客。"嗨，朋友。你好！我们是自己人。对！我是说我们才是同路人。他们要开除我。我说你们要开除我，你们一定不会有好下场的，怎么样！让我说对了吧！各位！"

黑瘦男一边说着一边靠近不明物，他试图和眼前这个透明人套近乎。但透明人心里可不这样想，觉得这家伙动机不纯，于是，黑瘦男就倒在了地上，再也动弹不得。

所有人都吓得不敢做声，低着头祈祷一切平平安安。

但在这危急时刻，大提琴海保险公司总裁却有些按捺不住了。他择机按下桌面底部的报警系统，人命关天也由不得自己，只能冒着生命危险向外界发出求救。

报警系统是不会在发指令的地方发出声响，只在接警处报警，此刻的透明人还没有意识到危险即将要到来，继续吸食着倒在地上黑瘦男身体内的血液。

接到报警后，安保局的猫人快速赶到并围剿了大提琴海保险公司大厦，一部分猫人手持激光枪直接冲上楼推开了会议室大门，另一部分猫人在大厦一楼和外围待命，随时发起攻击。

猫人队长沃斯一声令下："杀了他。"

猫人斗士的枪口对准透明人扣下了扳机，激光扫在透明人的身体又返了回来，被击中的猫人接二连三地倒下，伤亡情况增加，现场变得异常复杂。

大提琴海保险公司总裁和其他一起开会的同事吓得统统躲在了会议桌下，所有的人都挤在一起，心里默默地祈祷着相安无事。

猫人和透明人激战了几分钟的时间，便统统倒下。

待命的猫人陆续加入了战斗，但透明人没有兴趣，先悄无声息地离开了现场。

会议桌下面的人这才陆续爬了出来，惊魂未定地看着眼前刚才发生过的一切，现场很狼狈。

"这是一周内连续发生的第二起袭击事件，从现场情况看作案手段与上次相同，可以直接断定，这是一起并案罪，而且袭击者来无影去无踪的身法让我们措手不及。"受伤的沃斯队长带着活下来的猫人匆匆赶回安保局局长办公室，汇报刚刚出警在大提琴海保险公司发生的事。

队长沃斯汇报完喘着粗气，一脸伤感，打心里痛恨那个疯狂的家伙，手按着伤口，显得特别无能为力。

"看来这是一个强大的对手，是要好好想想办法了。至于是不是同一个凶手，还要现场提取的证据。"巴克局长一筹莫展，边说边安抚着下属。

这可是一个难缠的对手，经验丰富的巴克局长此刻心里也打起了鼓，两个人在办公室内沉默了许久，看来要想到万全之策，还是要好好动动脑子的。

巴克局长低着头，丧气地在办公室走来走去。

队长沃斯看着长官焦急的样子，一脸不知可否，只能一声不吭地看着眼前这个随时可能都要发飙的长官，来来回回地徘徊。

"报告长官。"屋外传来清晰的声音。

"进来。"巴库局长没有直接开门，先是撩起了窗户的帘子，确认不是自己的上司来兴师问罪，这才打开了门。

"长官，外面有两个孩子说要见你。"猫人斗士手敬了个礼，汇报着工作。

"两个孩子？"巴库局长反问。

"是的，他们说有要紧的事情和您说。"猫人斗士说罢，听候巴克局长的指令。

"一定是魔法学校的大怪莫尼和克里，"队长沃斯激动地从椅子上站起身来，径直走到了斗士身边。

"局长先生，这两个孩子就是我向您之前汇报的嫌疑人，看来他们是来自首的，也省得我们想办法去请了，之前我还在担心如何请他们来，现在好了，自己送上门来了。"

"先关押在哈雷城堡，他们还是孩子，我真不希望这件事情是两个孩子所作所为。"巴克局长听完汇报后心情十分沉重，他略微思考了一下，下令将两个魔法学校的学生暂时先关押起来审问，至少可以确定他们不是凶手。

大怪莫尼和克里本来期待着可以见到巴克局长，但等来的是巴克局长无情的口信和草率的决定。但他们怎能知道，巴库局长背负着给群众一个交待的重大责任。在巴库局长心里，他更多的想法是早日抓住真凶，两个魔法学校的孩子，没有理由平白无故的去伤害别人。这里面一定另有隐情。

"嗨，两个会飞的天使，巴克局长现在很忙，暂时由我来接待你们。我们需要去哈雷城堡了解情况，跟我来。"

猫人走在前面，大怪莫尼和克里紧随其后。

"我们要去哪里？"大怪莫尼疑惑地问道。

"一个很美丽的地方，那里是你们人生的转折点。想要清清白白就跟着走，或者带着永远的指责逍遥法外，你们自己选择。"

"我们选择清清白白。"大怪莫尼微笑地看着两个带路的猫人，看了看身旁的克里。

"我相信我们的清白。"克里插了一句话。"你说呢！莫尼。"

"当然，我们从来不做坏事。"大怪莫尼和克里跟在后面聊着天。

"我们也不希望是你们。"猫人斗士安抚着两个孩子。

不一会就到了哈雷城堡，一座古老的方塔下面。

"哇，可真漂亮。"克里抬眼看着眼前的建筑，很喜欢的样子。

"还不错吧，这是哈雷城堡，知道哈雷城堡又是什么地方吗？哈雷城堡是专门给魔法界犯罪的人提供的休息场所，哦，不，确切的说是关押嫌疑人的地方。　别看他外面有点破旧，但它威力无边。魔法师的魔法在城堡内将无用武之地，它屏蔽了一切魔法。"

"屏蔽魔法？哈哈，第一次听说。"克里打趣地看着猫人甲。

"具体什么原因不清楚，反正魔法在里面是暂时失效的。"猫人乙补充道。"听我说两个小家伙，先委屈一下你们。没办法，我们也是在工作，支持一下，配合一下。

我们相信你们不是凶手，但你们要把当天发生的一切和看到的一切要讲给我们听。这样才有利于我们抓到真正的凶手，但在抓到真凶之前，你们只能暂时待在这里。真的抱歉。"

猫人乙凝视着大怪莫尼和克里。

猫人甲补充道："是的，孩子。你们要把当时知道的一切告诉我们。协助我们找到真凶。你们就可以回去上课了。虽然我们真的不想这样做，但目前只能这样做了，委屈一下。"

猫人甲说完长舒了一口气，心里十分沉重。"里面所关押的都是魔法界犯罪的人，你只要被关押在里面，就和普通人没什么两样，懂吗？"猫人甲说完看着大怪和克里，好像在暗示他们反抗是徒劳的，唯有配合工作才是唯一出路。"嗯，我们尽量满足你们的提问。大怪莫尼回应着猫人斗士。"很好！其实你们当时根本就不用跑，把事情说清楚就好了。就因为你们跑了，问题也变得相对严重和复杂了。"

"我们等着去上课，因为迟到了会受到教授的惩罚。我们可是魔法学校品学兼优的学生，我们可不想因为迟到而留给大家坏印象，一点也不希望，所以我们才会跑，就是这样，因为当时没有时间给你们解释。"大怪莫尼仔细描述着。

"OK，很好。既然你们无罪，也无心犯罪，就让我们合作，一起抓住真凶，怎么样？"

大怪莫尼若有所思，冲着猫人笑了笑，"我需要一点时间，来整理思路。不过我可以透漏一点小信息，这个真凶是透明人。"

"透明人？"两个猫人斗士被这则突来的消息轰炸的目瞪口呆。

"快接着往下说，后来呢？你们认识这个透明人？现在在什么地方？当天有没有亲眼所见，大提琴海的工作人员是被透明人所害？"

"一下子这么多问题，让我回想一下。我现在需要休息一下，等我想起来，我会告诉你们。我的脑子有点乱，我现在需要休息。"

大怪莫尼尽量在回忆当天看到的一切，但整个脑子很烦躁找不出答案。

"当然可以。但接下来你们要先待在这里，想起来就找我，我要了解所有的情况。"猫人甲说完无奈地回头看了一眼同事猫人乙。

"要关在这里吗？"克里吓得说出了心里想的并没有打算说出的话。

"是的，没错，暂时要在这里，仅仅是暂时。"听到克里的担心，猫人甲尽量安抚着。

去往哈雷城堡的一路上，大怪莫尼和克里心里都忐忑不安，因为在他们看来，哈雷城堡是一个全新的环境，新到让他们害怕。。

但两个人也清楚，只有配合猫人追查真凶至少能洗清自己的冤屈，当大怪想到这里的时候，他决定先留在这里。

第五章　认识新朋友

　　猫人治安大队再一次因大提琴海保险公司黑瘦男被杀而成为大街小巷四处谈论的焦点。

　　而此时，最为忙碌的，就是带队破案的长官沃斯，时间一天天过去，他心里焦急万分，无论如何，要让影响面一小再小。

　　每一个工作人员看上去都很紧张，几乎每个人的手里都捏着一份有关案子档案的资料单。其中有一小部分的档案袋装的是有关魔法学校两个学生的背景资料，这是他们从魔法学校收集来的。

　　巴克局长的办公桌前围着两个猫人斗士正在汇报有关案情的进展情况。

　　"长官，你说这个真凶来无影去无踪的，到底用什么办法才能抓到他呢？"心里有一百个不理解的自问着。

　　"其实也没有什么怪的，我在询问魔法学校的两个魔法师时，其中有一个戴眼镜的男孩说，杀害人质的有可能是一个透明的人"。猫人甲如实汇报听到的消息。

　　"透明人？"长官愁眉苦脸的看着猫人甲，这个词在他的印象中还是第一次出现。"不可能，怎么会有这样的事发生？长官说着走了出去，或许是想找个角落找出其中答案。

　　"看来这个突如其来的消息长官还不能一下子接受。"猫人甲说完做了一个鬼脸给旁边的猫人乙。

　　"为什么要做鬼脸？是对我工作不满意吗？"猫人甲的小动作不小心

被机敏的长官逮了一个现场。

"报告长官，我的鬼脸不是做给您看的。我是做给他看的。你看他长了一个大鼻子，满脸的白毛。还有痘痘，我在嘲笑他，长官。"

听了这话的猫人乙一脸茫然。一时间气得直接咬牙跺脚，没好气地回复道："谁一脸白毛？谁满脸痘痘？你瞅瞅你自己，尖嘴猴腮小脑袋，尖屁股水桶腰核桃嘴。好意思说我？"

"算了，不要让我看到你们不和气的一面。不过就刚才的事情还是要多啰嗦几句。战友之间要相互夸赞，互相学习和进步，做安保要有安保的样子，不要在这里啰里吧嗦吵架，会耽误宝贵的缉拿凶手查办要案的时间，你们都明白了吗？"长官有些不满意，叮嘱着下属，有点恨铁不成钢的样子。

机敏的猫人甲清楚长官的用心良苦，便说出了自己对这件案子的看法，以示安抚。

"这件案子我们先不说他是谁干的，就说杀死的那几个人，验尸时，身体里的血液几乎被抽得一干二净，这一点，我始终让自己想不明白，难道这个世界有吸血鬼的存在？而且两次都到现场扑空，这个凶手可不是一般的来路，到目前为止，魔法学校的那两个小家伙虽然值得怀疑，但我的直觉告诉我，一定不是他们所作所为。我这么大都晕血，何况两个孩子？你说呢，好兄弟。"猫人乙看在都身为同事的份上，勉强的点点头。

"对了，这是那天在空中，用相机抓拍他们的镜头，看上去有些虚，这是因为当时他们飞行的速度太快了。猫人甲说完话，伸手递给长官几张照片。

长官手拿着照片，仔细打量着。

"这一张是他们两人的正面。"猫人甲伸长脖子看着长官手里那张有大怪莫尼和克里合影的照片说着，暗示着两个孩子的飞行线路始终没有接近过大提琴海。长官仔细端详着照片，相片里的两个男孩骑着魔杖在空中飞行，躲闪着猫人斗士的追踪。"从照片上看，两个孩子的确没有作案的嫌疑，但也不能说明一切。还是要找到真正的凶手才有说服力。还有，你刚才所说的有可能是透明人干的，这个透明人，我还是头一次听说，应该把重点放在这里，仔细查一查。"

在长官看来，魔法界的学生向来都是替天行道，行侠仗义的，怎么也不能轻而易举给两个孩子乱扣帽子，想到这里长官接着说："最好能将透明人的档案备案一份，这样有利于我们日后工作，可是话又说回来，该上哪去调他这样一个是人非人是妖非妖的档案呢？"说到这里长官有些意味深长地叹了口气。

不过长官马上又提起精神接着说："你们下去再仔细地了解一下情况。我看这样吧，你们两个应该分头行动。你去查那个透明人的线索，看这是否只是民间传说，还是确有此人，有消息，马上向我汇报。你呢！年纪轻，工作经验少，你学习的东西还很多，需要加强对自身本职工作的磨炼，我交给你一项艰巨的任务，你去哈雷城堡看望两个孩子，顺便给他们带一些吃的。和他们交朋友，谈心，有新的发现，立即向我汇报，时间不多了，行动吧！"

长官先叮咛猫人甲，再将艰巨的任务交给扑闪着两个大眼珠子的猫人乙。

接到指令，两个人重重地点了点头马上转身离开，在他们的心中，上级下达的命令是神圣的、不可抗拒的，脚步看上去也急促了许多。

哈雷城堡的监室，正在发生着一件挑衅的事。

"嗨，我说你们两个是从哪里来的？你们犯了什么罪？能跟我们大家说说吗？我们今后可就是一家人了，在一起吃，在一起喝，还在一起睡觉。但你放心，我不是同性恋，我只是喜欢摸人的屁股。"克里听到这里，咽了一下口水下意识地伸手摸了一下自己的屁股，大怪感觉有些恶心地打了个冷战。

"我们没有犯罪。"大怪莫尼坚定地看着眼前挑衅的家伙。

"哈哈哈，你们信吗？反正我是不信？如果相信，就让上帝去相信你吧！"说完，眼前的这个大块头冲着两个孩子哈哈大笑。

"为什么不相信我们？难道我们长得让人很讨厌？或者说，因为我们年纪小，说话没有威信？是这样吗？大个子先生？"克里实在看不惯罗伯特嚣张的样子，挡在大怪莫尼的身体前，同挑衅的大块头叫板。

"为什么？就因为你要在这间屋子生活下去，别的没什么，就因为这个，还有武力。"

长相怪异的罗伯特握紧了拳头向向眼前的小孩子示威。果然克里还是被眼前的大块头吓了一跳。情急之下，大怪莫尼挺身而出，来到了大块头罗伯特身边。

"等等，我告诉你，我们是来自魔法学校的，因为怀疑我们是杀害大提琴海保险公司工作人员的嫌疑犯，就被请到了这里，就是这样，我叫大怪莫尼，我的朋友克里。"大怪莫尼娴熟地介绍着他们的身份，怕吃眼前亏，然后继续着没有说完的话："他对这里的新的环境实在是不适应，所以刚才冒犯了你。"大怪说完，谦卑地看着罗伯特微笑着，试图化解房间里紧张的气氛，同时眼睛移到了身旁站着的克里身上。"算了吧罗伯特，他们还只是个孩子。威胁不到你的地位的。"这时候监舍里传出第一个友好的声音。

"是啊！我说大块头。难道你要武力欺负两个孩子？"又传出一个友好的信号。

"没错！不要吓唬小孩子，我看他们也不像是做坏事的人。只是来配合调查工作。不像是我们，罪大恶极，在这里等着老去吧！多一个敌人不如多一个朋友。"虽然这时候冒出一句很悲观的话，但目的是正义的。希望大家成为朋友，不要树敌。

"他们说的对，我怎么能这样粗鲁的对待两个小朋友呢，请原谅我刚才的冒犯和失礼。真的抱歉，为了表达我的诚意，我愿意做你们在这里的临时朋友。因为我相信你们，你们不是坏人。你们很快就可以自由了。来吧！让我们握手言和。"罗伯特说完伸出友善的大手，大怪莫尼被眼前这个标榜大汉的态度弄得丈二和尚摸不着头脑，但看着罗伯特诚意的态度，上前握住了罗伯特的手，接受了这份友谊，也让自己看起来更加开心。

"很高兴认识你！"大怪莫尼看到友好的罗伯特礼貌地说到。

"他叫克里，刚才只是误会。"大怪莫尼向罗伯特介绍着自己的好朋友。

"你好大个子。"克里一开口就惹得大伙哈哈大笑。

罗伯特见眼前这个孩子叫自己大个子也哈哈大笑起来，这种接地气的话好久没有听到了。

"你好！朋友。有什么可以帮上你的尽管开口。"罗伯特和克里握手寒暄着，刚才两人还怒目相视的局面，就这样被大怪莫尼的机智和克里的幽默化解了，这间本来就不大的房间里传出一阵阵的欢笑声。

每个人都在欢歌笑语，只有大怪莫尼有着自己的心思，他那笑容背后其实更加期待早日回到魔法学校，回到自己的同学和老师身边，因为那里才是适合自己的，成长的地方……

第六章　　一封邮件

"嗨——！"一个邮递员在魔法学校课堂的窗口拍打着翅膀，它望向课堂内正在午休的劳尔，不停地敲打着玻璃。

午睡中的劳尔隐隐听见有人在喊他，就将头转向了窗口的一边，凝视着眼前的快递员，两眼惺忪地仔细看了看外面这个拍打着翅膀送信的家伙，打开了一扇窗户。

"嗨，不好意思打扰你午休时间了。这封信是给你们魔法学校的，请签上你的名字。"邮递员说罢，递给劳尔一份邮件，快递员继续飞快地煽动着翅膀，这里的空气气压明显要低了很多。

"是签在这里吗？"劳尔一边说着，一边用笔填写自己的名字。

就在这时，被巡房的罗丽丝教授发现。

罗丽丝不清楚劳尔午休时间到窗边干些什么，就带着疑惑来到了劳尔身边。也清楚地看到了送信的邮递员。

"劳尔！这是什么？"罗丽丝教授见劳尔在信件上写着自己的名字便问道。

"这是一封邮件。"劳尔转身递给了罗丽丝教授。

"你好，罗丽丝教授，我是给您送信的。"邮递员向罗丽丝教授打着招呼，他们可是老朋友了。

"你好！邮递员！已经很久没有收到信了，又是谁写来的？"罗丽丝教授接过信件不解地问道。

"喝点咖啡或绿茶再走，我知道邮递员这个差使可不好当，每天送很多信件是件苦差事。"罗丽丝教授见到送信的老朋友，热情地邀请他。

"是的，你应该进来喝点东西再走，我觉得你扇动翅膀的频率太快，消耗了你的体能，你需要补充一下能量，罗丽丝教授会为您准备丰盛的茶水。"劳尔热情地接过教授的话再次邀请送信的邮递员。

邮递员被老朋友的邀请感动了："噢，哈哈，真是一个热情的大教授，你让我想想，先在这个单子的右下角签上你的名字。"

"我也要签字？"罗丽丝教授疑惑了一下。

"是的，看到的人都有份。"邮递员快人快语递给了罗丽丝教授一支笔。

"这可难不倒我！"罗丽丝教授说罢，只见手中的笔乖乖的自己在信件上写上了罗丽丝教授签收的字样。

"可以写的再大一点！我们的头儿是个近视眼，请允许我对你的圆珠笔说一声辛苦了。教授先生！"

"明明是你的圆珠笔。"劳尔捂着嘴偷笑，邮递员一定是送信送的迷糊了。

"哦，NO，我可能是太累了。是我的圆珠笔，我的圆珠笔辛苦了。"邮递员见自己说错了话被眼前的孩子笑话，赶忙快人快语给自己找了一个台阶。

"好了，写完了。交给你吗？"一只魔笔代罗丽丝教授写完，罗丽丝教授手拿签完字的收据单看着邮递员。

"是的，谢谢了。"邮递员一边说，一边将单子收好，并仔细地放回身上背着的皮包里。

"你不打算进来喝点咖啡或者喝点茶什么的吗？"罗丽丝教授见邮递员收了收据单，并没有要进来的意思，忙上前追问。

"不了，还有很多信件要送，这就是我的工作，每时每刻都飞来飞去停不下来。谢谢你罗丽丝教授，我的老朋友。谢谢！"邮递员很想进去喝杯水，他已经很口渴了，但想到接下来的信件更多，就婉拒了罗丽丝教授的邀请。

罗丽丝教授看着眼前的邮递员还是那么固执，站在原地为他变了一大杯果汁。

"这个可以补充你的体能。"罗丽丝教授说罢，将装满果汁的杯子递给了邮递员。

"谢谢！有点沉。"邮递员抱着比他体重大几倍的杯子，左右摇晃着喝了一大口。"真是香甜，味道好极了。"

邮递员很快就喝完了一大杯。

"有点撑。太好了老朋友，不过下次的杯子可以再小点，我的胃都要炸了。"邮递员喝完了一大杯，肚子明显比之前鼓了好多。

"再见，这次真要走了。谢谢老朋友你的果汁，当然还有你。"邮递员看看罗丽丝教授，看看劳尔，托着沉重的肚子，向后退了半尺，说完话，转身挥着翅膀托着大肚皮忽高忽低地向前远去，看样子明显是喝撑了，比以前的动作可要慢多了。

罗丽丝教授目送邮递员远去后，便匆忙打开了手里握着的信件。

劳尔眼睛死死地盯着，生怕遗漏了重要的消息。

罗丽丝教授正在找一个更加明亮的地方取出信件，好让自己看得更清楚。这时候，一个熟悉且急促的声音传到了罗丽丝教授和劳尔的耳朵里。

劳尔听见一个让自己熟悉的好像是刚刚聊过天的声音，罗丽丝教授抬头看到是刚刚送完信远去的邮递员。便不解的上前问道，"你怎么又回来了，我的朋友？"

"不好意思刚才签名的笔忘记带了？"邮递员托着肚子看着劳尔。

"哦！不好意思，忘记给你了。"劳尔尴尬地笑了笑，将笔递给了邮递员。

"谢谢！我总是马虎大意，这可不是好习惯。"邮递员责怪自己，顺便用手拖了拖下坠的大肚皮。

邮递员再一次看着老朋友罗丽丝教授，表达自己的感激之情，"谢谢您教授，您的果汁很好喝。很想和您叙叙旧，好久不见了，但是我没有时间了，还有很多信件要送，您在方便的时候可以去亲民大街 16 号，那里是我们邮政局的办公大楼，我在那里等你喝茶。还有，别忘了找魔法部。他在七楼的电梯左门第三个就是，我平时的座位在最靠里面最黑暗的角落就可以找到我。"邮递员说完拿回刚刚签名的魔法笔很快就消失得无影无踪。

教授确定邮递员离开后将目光留在那信封上，劳尔好奇地想知道里面的内容。

教授用了一个小魔法，只见信封被小心翼翼的撕开，信封里跳出来一张纸，翩翩起舞后开始自读全文。

朗读的过程中纸张随着信件情节，变化着各种表情，时而悲痛欲绝、时而温柔可亲、时而金刚怒目、时而眉开眼笑、时而平静如水、时而波涛汹涌，种种情绪化的表情被纸张演绎的入木三分，惹得魔法师们哄堂大笑。

信件内容大体是这样的。

"嗨，你们好！曼格顿兹魔法学校的罗丽丝教授和各位魔法师们，这是一封来自猫人治安大队的信，确切一点讲，是一份关于大怪莫尼和克里将要在哈雷城堡被关押的通知书。"

纸张说到这里，故意停下来观察一下大家的反应，果然和自己内心想到的一样。

教堂里怎么也安静不下来。

纸张看着魔法课堂的所有魔法师们因为刚才宣布的消息交头接耳，现场快乱成一锅粥，它让自己变化成了一只小猫，希望能够因为自己的可爱而吸引魔法师们的注意力。

果然这一招管用了。

课堂里的喧哗声被这个小家伙的到来成功地吸引了眼球，喧哗声也随即没有了，所有人的目光都聚焦在了这只小猫的身上。

但这一切看上去并不是一件好事，罗丽丝教授养的鹰正在注视着小猫，而小猫好像并没有发现有一只鹰在看着它。

就在所有魔法师想进一步从小猫那里得到更多关于大怪莫尼和克里消息的时刻，那只站在蜡烛台上的鹰直接俯冲下来用爪子狠狠地压在小猫的脖子上准备要吃了它。

在场的魔法师都被这猝不及防的现场惊吓到了，但更多的是阻止鹰的举动。

"住手，这可不是你的食物。"罗丽丝教授看到后，提起魔法棒将鹰变得比小猫还小许多。

魔法师们看到罗丽丝教授及时阻止了鹰伤害小猫，刚刚一个个还提在嗓子眼的心终于落下了。

变小的鹰被身旁的小猫吓得直往后退，这一刻在鹰的眼里，小猫变成了大猫，魔法师变成了巨人。

小猫可不是吃素的，天生就喜欢欺负比自己弱的。何况刚才这个家伙还冒犯了自己。想到这里小猫就一个右勾拳将身边比自己小很多的鹰一巴掌从桌面煽到了地面上。

马丽娜俯下身子捡起落在地上的鹰，伸手放飞的那一刻，鹰张开翅膀回到了蜡烛台，身体也变回了原来小猫的上百倍大。

只见小猫双手捂嘴，眼睛睁得溜大，幸好自己做的没有太过分，不然一口就被这个会飞的家伙吃了。

"大怪莫尼和克里怎么样？我们很担心。"马丽娜看着桌子上刚才受到惊吓的小猫，上前抚摸着它的头。

"对呀，快说。到底怎么样？那些猫人把他们怎么样了？"人群中传来担心的声音，这个人就是大怪莫尼的表哥劳尔。

就在还有魔法师要发表意见时，被小猫打住了。这样下去每个人都要说自己可吃不消，还不如自己接着说完呢。

想到这里，小猫人自己给自己打打气，提了提精神，提起嗓子喊道："大家不要急，也不用太担心，事情没有你们想的那样糟糕，他们现在还只是嫌疑犯，等在哈雷城堡过完有限的四十七天以后，才能确定大怪莫尼和克里是否有罪。我当然希望被害人质不是他们两个人所为。他们还只是个孩子，和我一样，正是需要呵护的年龄。他们有着大好的青春，不像我，瞬间来到这个美丽的世界，又要在瞬间离开这个世界。我多的不想说，我只想告诉那些正准备要犯罪，或者是已经开始从事犯罪活动，但还未达到目的的人们，珍惜生命每一天，管好自己的思维和情绪，做任何事情都不可以冲动，靠勤劳去争取想要的一切！好了，我该告诉你们的，我都说完了，是时候说再见了，朋友们。赶紧为你们关押在哈雷城堡的魔法师想办法吧！此封信的来源地：安保局办公室，提笔内容由巴克局长亲自撰写，亲自过目。宣读人：小猫人——再见。"

小猫人说完和大家一边招手道别，一边身体变化成烟花状，真的就像他刚才所说，美丽的事物总是一瞬间。

慢慢地这些五彩斑斓的烟花消失的无影无踪。

魔法师和罗丽丝教授不舍地送走了小猫人，虽然不舍，但也只能接受眼前发生的和以后的未知。

教室里又开始了新一轮的讨论。

罗丽丝教授带着有些伤感的眼神安慰着劳尔，安慰着所有的魔法师。劳尔因为自己的无能为力非常沮丧，其他魔法师也都低头不语，所有人都希望大怪莫尼早日回来、克里早日回来。

在罗丽丝教授看来，大怪莫尼是劳尔血缘亲情的表弟，也是自己的学生，这一刻不清楚大怪莫尼和克里到底过得怎么样，也不知道如何安慰眼前的劳尔。

两个人的心情，此时此刻同样难以表述，但此刻唯一相同的，就是打心里希望大怪莫尼早一天回到魔法学校。

就这样，教授和劳尔用眼神互相安慰着彼此，看上去都没有要说话的意思，或许还不知道从何说起，又该从何放下。

倒是一旁的马丽娜跟吉米看上去争论得更加激烈一些。

"我真是搞不懂，为什么大怪莫尼和克里被关押到哈雷城堡？难道他们两个真的值得怀疑？或者说，他们就这样认罪了？"马丽娜十分担心，让自己变得有些狂躁不安。

"不要乱讲，大怪莫尼一定是清白的。"表哥劳尔听到两个女孩子的争论，直接走上前来大声呵斥。

"他们现在只是嫌疑犯而已，你没听刚才那个小猫人说吗？"吉米说着安慰的话，防止劳尔有什么过激行为。

"当然，这也许跟你的心情有关，我知道你不是故意的，但我听的很真，一字都不会差。目前只是在怀疑他们，我想过几天，应该就会回来的，是的，要对他们两个人抱有希望，大怪莫尼可从来都没有让人失望过。你这样担心，是在暴露你内心对他们处理问题能力的不信任，相信这个世界还算公平。"吉米说完，让自己的后背贴紧了椅背，好像在说，我真的不想听你们说话，我说的一切都是对的。

"我对法律很有信心，但是我对个别安保员的态度不放心。万一大怪莫尼和克里被冤枉了呢？不行，我们要想办法把他们救出来。"马丽娜说到这里，更加想念好朋友大怪莫尼、克里。

"你们在说些什么？能和我说说吗？"皮特笑着走了过来坐下。

"我们在谈女生的话题，这个你也感兴趣？"马丽娜笑着看了一眼不识抬举的皮特。

"我都听到了，担心大怪莫尼的人不止你一个。至少还有我。是的。"皮特洋洋得意地自说自话，完全不考虑身边人的感受。

吉米是魔法学校里最烦讨论问题时被人打断的，他不客气地对皮特甩着一张臭脸，并用排斥的眼神盯着他，希望眼前的这个讨厌鬼赶紧离开。

"这么小气干吗？吉米，我可是来解决问题的。我虽然平时有点淘气，但大是大非面前，我绝对站在正义的一方。正义万岁。"皮特得意地双手举过头顶，等待赞美之词。但好像并没有得到两个女生的赞美，换来的只是马丽娜和吉米更加无视的眼神和鄙视的淡淡一笑。

皮特认为是马丽娜和吉米让自己在同学们面前丢了丑，便肆无忌惮地发泄心中不满："有什么大不了的，一个圆圆的胖子脸，一个大象腿。也不知道你们会有什么好办法去解救大怪莫尼和克里。你们只会在这里浪费时间去谈论一些没用的，或者是聊一些你们认为可行的，但实际根本不可行的方案。两个疯子怎么能讨论出结果呢？"皮特以牙还牙，不管有没有达到理想的效果，但心里此刻是舒服的。

马丽娜听完皮特带有侮辱自己的话，非常生气，她用眼睛瞥了一眼皮特："我说皮特，你再这样没礼貌，小心我让你在众人面前出丑。你要不相信的话，那你就继续待在这里！当然，还能够让你自在地待下去的时间不会超过十秒，你会变成小丑，我还要在大家面前让你出洋相。你想让大家看你出丑吗？我可做得出来，现在时间还有不到五秒钟的时间，五……四……三……"

"等一下，不要欺负老实人，有本事我们可以比试一下高低。"科比笑嘻嘻地走到了马丽娜和皮特的中间，一手推开了皮特。

"就是，有本事不要和我比，和科比比试一下谁的魔法本事大。"皮特见有援兵在身边，立马说话的姿态都不一样了。

"比就比，谁怕谁？"吉米忍不住拽了拽马丽娜的衣角，示意她算了，因为所有人都知道，这里比科比魔法高的人只有一个，就是大怪莫尼。吉米可不想让马丽娜出丑。

"不要多管闲事吉米，我要和马丽娜切磋一下魔法。"科比见吉米对马丽娜有小动作，忙示意她退下。

吉米无奈和坏小子科比在魔法学校课堂是一个小组的，也就没有说什么，放开了马丽娜的衣角后退了几步。

"很好吉米。"科比肯定了吉米的举动，将目光放在了玛丽娜身上。"开始吧!马丽娜。将你心中的怒火释放出来。"

科比说罢，仰着高昂的头笑着。

马丽娜也毫不示弱，站在对面等待机会出手。

魔法师们都期待好戏上演，个个聚精会神。与其说是看热闹，不如说是看热闹的时候顺便偷学几招。

大家的心思各自不一。

"变一只蝴蝶给大家看看。"科比根本不把眼前这个女生放在眼里，挑衅的词语很明显，他就是想激怒对方，看对方有多大的本事。

"变！"马丽娜提起魔法棒在空中画了一道光线。神奇的时刻出现了，整个课堂被美丽的蝴蝶包围了。

大家看得目不转睛，皮特也对马丽娜投去了崇拜的眼神，笑眯眯地看着头顶飞来飞去的蝴蝶，所有的魔法师也都惊叹这些美丽的大蝴蝶。

有科比在，肯定是好景不长。何况这是他和马丽娜的比赛，这时候在大家的期待中他怎能不露一手。

科比横扫了一下，满桌子都是大青蛙。

分分钟的时间就把马丽娜比了下去，蝴蝶都被青蛙用几米长的舌头瞬间消灭完了。

第一局马丽娜败下阵来。

马丽娜不服输，又变了很多大耳朵兔子。

大耳朵兔子个个体形肥胖，毛茸茸的可爱至极，引得围观的魔法师拍手叫好。

"变！"科比用魔法棒将马丽娜变的兔子变成了带着翅膀的蜘蛛，一个个都向课堂外飞去。

马丽娜刚用魔法把飞走的蜘蛛拉回课堂，就被科比用魔法一把火烧掉了。

"你手段卑鄙。"马丽娜冷冷地翻了科比一个白眼。

"还有什么大招，可以使出来。我们都见识见识。"科比一组的人都迎合着科比，嘲笑马丽娜。

"变！"

马丽娜这次果真出了大招，只见两条长着很长胡子巨大的蛇，恶狠狠地吐着嘴巴里的芯子，慢慢移到了科比的面前。

科比知道自己有办法对付，但他还是大意了。没想到两条蛇的速度比他出手快多了，瞬间扑向科比，缠住科比的身体。

科比虽说魔法道高一丈，但由于自己的大意让马丽娜这一局占了上风。蛇在缠满科比全身以后，开始用力地缩紧身子。

科比被勒得满脸通红，但他不可能就这样认输，他就是在等所有魔法师都以为他输定了的时候才展示他学到的更加厉害的魔法。

蛇的身体越勒越紧，大家的心也越来越担心。

就连马丽娜也担心出事情，想要收回魔法的时候，科比比她抢先一步施展魔法，转移身体成功逃脱，科比和围观的人站在一边看着两条纠缠在一起打成死结的蛇，用魔法将蛇变成了一堆蠕动的小虫，看得人直恶心。

很多魔法师被眼前的小蠕虫恶心得直吐，吐出来的呕吐物像泉水般涌入到地板上，但神奇的是，地板本身就有自行清洁的功效，那些呕吐物被光滑明亮的地板全部吸食得一干二净。

"罗丽丝教授过来了。"人群中传来小声地提醒。

大家听到是罗丽丝教授，一下子就散开了。科比和马丽娜魔法比赛随即也就终止了。但看得出马丽娜的不服输和科比的洋洋自得形成了巨大的反差。

"看到你们刚刚聚在这里，我就想来凑个热闹！"罗丽丝教授打趣地逗着这些孩子们，希望自己的到来不要打乱他们的节奏。

"刚刚科比和马丽娜在切磋魔法，大家看得很过瘾。"皮特先举起了手描述着刚刚发生过的场景。

"很好孩子们，互相学习、互相进步。"罗丽丝教授显然不知道刚才发生的事情。

"我们长了见识。"一个新来的学生谈了自己的看法。

"是的，很棒。"

"绝对很精彩，如果大怪莫尼在，就更加精彩了。"

"是的，我表示赞同。"

"没错，大怪莫尼的魔法我认为是最好的。"

"我和你观点一样。"

魔法师们热情洋溢地参与其中表达着自己的观点。

"只可惜大怪莫尼不在这里，他和克里一定也很想念我们。"劳尔最后一个发言，话语里带着些许担心。

罗丽丝教授看在眼里，走上前搂着劳尔的肩膀安慰他，"是时候去看望大怪莫尼和克里了，这个重任就交给你了，劳尔。"

"真的吗？罗丽丝教授，我很乐意接受这个任务。"劳尔听完高兴的抱着罗丽丝教授，这一天终于等到了，他笑得很灿烂。

"我也可以去。"马丽娜第二个请缨去探望大怪莫尼。

"我也要去。"

"有没有我的名额？"

"我也去。"

"我也去。"

"算我一个。"

"还有我。"

大家的参与度很高，每个魔法师都想去探望大怪莫尼，但最后能去探望大怪莫尼的魔法师，可能并不是很多。但大家依然热情不减，万一被选中了呢。

罗丽丝教授看着孩子们的积极性，心里很满意，他转身走到讲台前，捡起一根折断的粉笔，又返回到孩子们身边。"来，试试折断它。"罗丽丝教授说罢，手里的半根粉笔递给了劳尔手里。

劳尔拿着手中的粉笔尝试去弄断，很容易半根粉笔又折断分成了两半。

罗丽丝教授笑了笑示意他接着弄断手中的粉笔，这个时候劳尔就觉得有些吃力了，但依然努力地将它又分开成了两截。

罗丽丝教授没有说话，又暗示他尝试一次。

但这一次劳尔怎么用力都没有成功，当劳尔表示再无能为力的时候。罗丽丝教授接过了劳尔手中已经被折断剩下的很小的粉钉。

罗丽丝教授高举手中的粉钉，意味深长的对孩子们说："只有将全部的力量集中起来，才不会被击倒。粉钉越小，力量越集中。这个道理告诉我们，当对手比你更加强大的时候，你一定要做那个最小的自己，集全身力量积蓄而发。人多不一定力量大，而是将所有人的力量集中在一个人身上就可以威力无穷、事半功倍。"

"我好像明白您的意思了，罗丽丝教授！您不希望我们去太多的人，对吗？罗丽丝教授？"听完教授的话，马丽娜似懂非懂第一个提出了心中的疑问。

"对的，孩子。看来你已经悟出来一些道理了，你的心情，包括大家的心情我可以理解，但作为你们的教授，我必须教会你们一些东西。"

魔法师们听懂了罗丽丝教授的意思，也通过粉钉的故事明白了很多的道理。所有的魔法师此时此刻，由衷地为罗丽丝教授发自内心送上了掌声。

罗丽丝教授接受了孩子们最好的礼物。

掌声一直持续了很长一段时间。被掌声包围着的罗丽丝教授看起来很高兴，他突然停顿了一下，好像想起来什么，提高了嗓门面对这群孩子们说："孩子们，我想大家和我心情一样，都很想念大怪莫尼和克里，也清楚他们一定是清白的。但是，我想、我想说的是，逃避解决不了问题，只有勇敢地面对才能更好地去解决问题。大怪莫尼和克里去配合调查工作我们要支持，我们魔法界有魔法界的制度，凡人也有凡人的制度，猫人有猫人的苦恼，我们要理解他们的工作，更要相信大怪莫尼和克里一定会早日回来。

冷静地说，我们能够帮助解救大怪莫尼和克里的办法只有一个，那就是像刚才那个小猫人说的那样，尽快找到大提琴海保险公司工作人员被杀害的真凶，一切就真相大白了。"

罗丽丝教授说到这里，看了看这些天真的孩子们，以及他们渴望早日见到大怪莫尼的眼神，这一刻心都要碎了。

但罗丽丝教授明白，冲动解决不了任何问题，冲动只会让事情变得更加糟糕。大怪莫尼和克里能够早一天回到魔法学校上课，这一切心愿还要寄托于猫人斗士们早日抓到真凶。

第七章　枯燥的牢狱生活

监狱内的在押人员准备着餐盘，因为到了午餐的时间，猫人刘重复着他那日复一日的工作。

长长的走廊内，猫人刘扯着嗓门大喊，"集合！开饭了，开饭了。"

所有人都从监室跑了出来，整齐地站在走廊，后背就紧贴着墙面站在那里一动不动，那连贯性的动作，好像之前操练过上百遍一样。

猫人刘手里拿着一个本子冲着前方两侧开始点名。

"罗伯特！"

"黑狐狸！"

"哑巴！"

"克里！"

"大胡子！"

"萝卜头！"

"大长腿！"

"大脸……"

猫人刘一口气叫出了 40 多人的名字。最后一个落在了大怪莫尼的身上。"大怪莫尼！"

"是的长官，我在这里。"大怪莫尼举起手中的餐盘示意猫人刘。

"很好！没有迟到的，也没有请假的。你们表现得很棒，也非常感谢你们的配合，尤其是两个孩子，你们很可爱。我也不相信你们有罪，但这就是流程，对，要走个流程。其实外面已经在流传那个透明人的消息，只是还没有抓到他，所以你们还要继续待在这里一段时间。"

"透明人？"大怪莫尼情不自禁地说出了口。

"这真是一个好消息对我们来说！我就说嘛，我们是无罪的。"克里激动地大喊一声。

"希望马上抓到这个家伙。"大怪莫尼补充道。

"是的，如果需要我们协助，我们愿意出去帮忙。"克里急切地幻想着自由的生活。

"是的，我们愿意出去帮忙！"大怪莫尼认真地说着，眼睛看着猫人刘。

当两个孩子看到希望高兴得手舞足蹈继续要交流下去的时候，这才发现所有人里面只有他们两个最活络，其他人都乖乖的没有说话。因为他们还不清楚，这个新来的猫人刘是一个脾气暴躁的家伙。

就在两个人的对话停止下来的那一刻，安静的走廊内，体格健硕的年轻人罗伯特忍不住笑出了声。

其他人也不知什么原因跟着一起笑。

这一下引来了猫人刘的不满，他板着脸走到了罗伯特面前，"很好笑吗？你在笑什么？"

"哦哦！我被他俩的对话逗乐了。他们说出去帮忙，以为这里是曼格顿兹魔法学校，进进出出没有人约束。我其实不想笑的，但真的是因为没忍住。"罗伯特一边向猫人刘解释，一边听见周围其他人不时传来没有忍住的笑声。

猫人刘手持警棍敲打着墙面，压着的情绪瞬间爆发了："都站好了，都给我转过身，将脸贴在墙上，这个礼拜是我值班，希望你们都能听话一些，要不然的话，可有你们好看，我可从来不惯着犯人。但你们两个可以不用这样。"猫人刘胡子拉碴地沮丧着脸向站在走廊两侧的囚犯喊着话，来到大怪莫尼和克里身边的时候，停下来摸着两个孩子的头又表现得很慈祥，这一刻猫人刘简直就是两个人，两种面孔。

"我抗议，我讨厌你这样的称呼，我们是来接受教育改造的，请不要叫我犯人，我讨厌极了这个称呼。"突然有囚犯转过身表示不满，并带有豁出去的架势与猫人刘决一死战。

"又是你，总喜欢找茬。"猫人刘一眼就认出了黑黑瘦瘦的大长腿。

"是的，我抗议。"大长腿不服气地回应着猫人刘。

"好吧！既然这样不服从管制。只能把你交给骷髅人了，让你知道我可不是和你闹着玩的。"

猫人刘说罢，两个骷髅人便向那个黑一些的中年男子身边走去，嘴巴里喷出蓝色的火苗燃烧了刚刚的抗议者。

所有人都吓坏了，大怪莫尼和克里也将身体靠的更紧了一些。

猫人刘趁这个机会向其他的囚犯做着警告，"还有你们，都给我听好了，在这要老实一点，这里是哈雷城堡，不是养老院，你们在这里只有服从，你们不可以说'不'、'等等'、'我不行'、'不清楚'、'不习惯'等等消极的语言。总而言之，在这里只有服从，违抗者死路一条。"

"是的，这可不是闹着玩的，再敢违抗者就和他下场一样。"猫人刘还没有说完，就被猫人刘身边的跟班抢了话。但猫人刘看上去并没有生气，好像对这个下属刚才说的话还算满意。

猫人刘回过头，靠近其他囚犯，恶狠狠地盯着每个人走一圈，这时，有囚犯狠狠地趁他不注意踩了一脚猫人刘的大尾巴，猫人刘疼得露出了锋利的牙齿。

被盯着的囚犯也都同样地用憎恨的眼光回击着猫人刘，没有丝毫退让，两派之间的战争仿佛瞬间要爆棚。

大怪莫尼本想用魔法棒教训猫人刘，但马上又收了回来，他想到了这个魔法棒在进入哈雷城堡之前已经没有了魔法。

克里拉着大怪莫尼的胳膊，试图让他不要参与。

"是谁踩了我的尾巴？"猫人刘狰狞的面容扫了一圈走廊两边的人群。

"是你？"猫人刘只是猜测的来到一个大个子面前。

大个子摇摇头。

"那是你？"猫人刘接着问下一个，对方连连摇头。

"不会是你们两个小孩吧？"猫人刘眼睛盯着大怪莫尼和克里。

"不是！不是我们。"大怪莫尼使劲摇着头，担心这个家伙冤枉了自己。

猫人刘把目光移到了大怪莫尼身边的克里身上。

"也不要看着我，我不喜欢动物的尾巴。"克里刚说完，就引得大家哈哈大笑。

"动物的尾巴，太好笑了。是我今年听到最好笑的。"人群里传出一个熟悉的声音，原来是罗伯特。

"最好闭上你的臭嘴！"猫人刘的跟班阻止了罗伯特的大笑，接着说，"是不是你踩了长官的尾巴，不管是有意或者是无意的。是不是你大块头？"

罗伯特见猫人刘的跟班盯上了自己，就没有再说什么，毕竟现在是非常时刻，他可不想给自己找麻烦。

罗伯特随即收起了笑容，低着头不再作声。

"到底是谁？是谁踩了我的尾巴。我数三声，如果没有人承认，今天的午饭就不要吃了，你们就在这里一起饿肚子。"猫人刘拼命地喊着，想马上找到那个踩自己尾巴的人给碎尸万段。

依然没有人站出来。

"我提个建议。"猫人刘的跟班看来要使出坏点子了。

他若加思索后和大家聊着大家不想听到的消息。"听好了，没有人承认错误，那现在就开始做 100 个俯卧撑，一口气做完，中途不能休息。让我们到时看看那个踩了长官尾巴的人怎么这么没有胆量承认，在我看来简直是懦夫。"

"这的确是一个好主意！"猫人刘拍了拍下属的肩膀头，一脸的满意。接着猫人往走廊中间一站，双手插在腰间大声喝道，"既然没有人站出来承认，那就开始吧！100 个俯卧撑。"

"我们也要来吗？"大怪莫尼小心地询问着猫人刘，但自己明显已经做好了俯卧撑的准备姿势，其实内心知道猫人刘现在一定也不会放过自己和克里，但还是想做最后的争取。

"这里虽然人人平等，但你们还是个孩子。在一边看着就可以。"猫人刘说完朝着两个孩子笑了笑。

即便如此，也没有人愿意供出自己的队友。

就在大家陆续趴在地上准备做完 100 个俯卧撑就当了事的时候，突然听到有人自告奋勇自首。

刚刚踩了猫人刘的因犯不想连累大家便主动站了出来。

"嗨，大胡子猫，是我踩住了你的尾巴，对不起！我向你道歉。"光头样子的因犯上前一步站了出来。

"很好！接受你的道歉。不过刚才我的尾巴真的被你踩得很疼，下次一定要注意。"

"是的，长官。"

"好了，去食堂吃饭。" 猫人刘终于消气了。

克里拉起还没有缓过神来的大怪莫尼，这里刚才发生的事情太匪夷所思了。

"记得打饭时要排队，吃饭的时间是统一的，打完饭以后，你们都老老实实地坐在餐桌边别动，听口哨才可以动手。没有刀、叉，也没有筷子，吃饭的工具就是你们的手，从口哨吹响到吃饭结束，时间一共是三分钟。这三分钟你能吃多少就吃多少。那就看你们的胃口如何了。"

猫人跟班摇晃着尾巴，突然站住："从你开始，对，大怪莫尼，好像是新人，有时间我会找你谈话，一个一个往出走，跟着带路的蝙蝠，他们会带你们去饭堂的，他们可是打扫你们吃剩下饭菜的环卫人员，这里没有人帮你们洗盘子，所以，一切还要靠自己。"

猫人刘的跟班一边向新进的囚犯说着哈雷城堡的规矩，一边背着手在队伍中晃来晃去，突然见有囚犯拖着鞋板走路，又差一点发火。

蝙蝠闪动着翅膀带领囚犯来到了饭厅大堂，每只蝙蝠看守一名囚犯，这种情况下，很难有机会逃跑，收尾的则是猫人跟班。

带队的大怪莫尼刚爬到窗口打饭，窗口内的各种食物争相取悦，被宰了的鸭头还呱呱呱叫个不停，满嘴"我死得好冤枉啊"之类的话。

"我说新来的，你倒是快点，我的猪鼻子看起来不错，要不要品尝一下，我可是这里的必点菜。"一只半张脸的猪头埋怨起大怪莫尼的磨磨唧唧。

"看来你想吃蔬菜，伙计。"一棵大白菜跑到了大怪莫尼的碗里，还不停地用眼神挑逗着大怪莫尼。

"哦！绿色食物不错。"就你了，大怪莫尼说着尴尬地端着盘子离开。

"也给我来点蔬菜，有谁愿意到我的碗里来。"克里的话刚落下，各种蔬菜都跑了过来，碗里都已经装不下，各种吵架的声音在碗里打着圈，互相拥挤着，没站稳的蔬菜洒落了一地。

"土豆先生，您可以来我的口袋。"克里见土豆也想让自己喂饱肚子，关心地询问着土豆。

"谢谢克里先生，您是那么善解人意。"土豆满意地跳进了克里的口袋。

克里端着一大碗的蔬菜来到了大怪莫尼桌前。

"看我的丰富午餐。"克里得意地看着大怪莫尼俏皮地说着。

"是的，看起来你在这里生活得很满意。"大怪莫尼说完不解地看着克里，仿佛眼前这个家伙已经适应了城堡生活。

"NO，NO，NO。"克里食物塞了满嘴，说不出话，只是摇头否认。

克里刚要接着说些什么时，邻桌桌子上的食物嘶喊声打破了他两人的对话。只见一块偌大的牛排在不停地尖叫和做着最后的抗争。但是对用餐者来说，可能吃得更加起劲，丝毫没有放口的样子。

"吃饭的口哨声快要结束了，大家抓紧时间吃。"跟班最后提醒着大家。

听到跟班的提示，大家吃得更快了一些。撕心裂肺的声音也更加丰富起来，鹅头被吃掉了，仅剩下一半身子的烧鹅摇晃着后半个身子在食堂里跑来躲去，蝙蝠眼尖手快，一个俯冲就将逃跑的烧鹅用力叼了回来。

这一令人呕吐的场景让坐在克里对面的大怪莫尼看得一清二楚，感觉非常倒胃口。大怪莫尼看在眼里，再看看餐盘里的食物，已经一点胃口都没有了。他起身将自己盘中没有动过的美餐，准备送给那个吃了一只烧鹅但好像并没有吃饱的家伙时，午餐的用餐时间在跟班吹响的哨声中无情地结束。

"好了，用餐时间到。"跟班敲打着桌子提醒有些贪婪的家伙。

虽然大家还都在这最后一秒的时间往嘴里塞东西，但却没有一个囚犯将食物偷偷带在身上。这一点，让初到哈雷城堡的大怪莫尼有些看不明白，也成了他打算回到监舍后向罗伯特询问的心事。

所有人听到哨子响声后，陆陆续续回到了自己的监舍。

"我有一个问题想请教你，可以回答我吗？"大怪莫尼一回到监舍，还没等大家来得及消化吃饱的大肚皮，就带着疑问站到了罗伯特面前。

"当然，我很乐意回答你的问题。"罗伯特看着大怪莫尼，双手插兜笑了笑接着说："你可能还不知道吧！我有个别名叫'什么都知道'，有什么问题你尽管问我，我想我的回答你一定很满意。"

"那你就是我们大家的百科全书！只要不知道的问题都可以问你。"大怪莫尼更加好奇地看着罗伯特，没想到这家伙肚子里还有点墨水。

罗伯特听完大怪莫尼的赞美，笑得有些不好意思，自己只是随便开了一个玩笑，没想到大怪莫尼很认真地夸赞自己。"哪里，哪里，谢谢你的夸奖，大怪莫尼先生。这只是大家随便给我起的外号，不敢承受百科全书的名号。"

"你看上去有些不好意思了，罗伯特，这是我第一次见你这种表情。"罗伯特表现地羞愧难当，一眼就被大怪莫尼看了出来。他本来没有想说出来的，但没有忍住自己的情绪，这让本来就有些难为情的罗伯特更加不知所措，只是一个劲地低头红着脸蛋搓着手。

大怪莫尼见自己再不张嘴问，罗伯特可能还会继续尴尬下去，便说，"那我开始问了。罗伯特先生。"

"好的，没问题。"罗伯特终于等来了大怪莫尼的提问，他轻轻地抬起头来，也没有了刚才那么尴尬。

就在这时候，大怪莫尼和罗伯特的对话被一个急促的声音喊停："等等。等等再问问题，大怪莫尼。"

"你先等会再问他，让我先问问你，你打饭的时候，为什么故意拖延时间，导致我到最后连午餐都没吃上。"佐格憋了一肚子的气算是发泄了出来，他为了证明自己确实没有吃午餐，在话说完时，故意指了指自己饿扁的肚皮，"听到了吗？我的肚子饿得直叫，听到了吗？大怪莫尼，都是你打饭的时候磨磨蹭蹭导致的，你现在欠我肚子一个道歉。是的，我的肚子需要你的道歉。"

大怪莫尼听完刚想要去给佐格解释，被罗伯特一把拉开了。罗伯特站在大怪莫尼前面，护着身后的大怪莫尼。在大怪莫尼看来，佐格的话引来了罗伯特的不满，他看上去非常生气。"怎么佐格？你想成心找茬是吗？你没看见他正在跟我说话吗？你连最起码的尊重都没有——嗯？"

"跟你说话，你是谁呀？不就是长得彪形大汉一些吗？别人怕你，我可不怕你，不信，可以用你的手碰我一下。还有，我警告你，我也不是什么省油的灯，大不了和你拼命。你知道你为什么在这里吗？就是因为你在外面和别人打架把对方打伤了，才被关押在这里改造，你难道真的忘记了？你是不是认为只有拳头才能解决问题？哈哈，你错了罗伯特，只有靠智慧才能解决问题。智慧知道吗？就是靠头脑，而不是靠拳头。靠拳头说话只能说明了你内心的恐惧，而真正的强者是需要靠头脑，不出拳头也可以战胜你。 就像是现在，我就在快速的运行我的大脑来制服呢，想着各种办法来对付你，我从来不相信拳头可以解决问题，我只清楚靠拳头吃饭的人一般都是没有脑子的人。"佐格面目憎恨的看着罗伯特，说话的语气里强烈不满他的多管闲事。

"你说我没有脑子？" 大怪莫尼拉住了罗伯特握紧的拳头，不想他总是用拳头解决问题。

大怪莫尼从罗伯特的身后站到了前面，两人交换了站位。大怪莫尼按着罗伯特还有些激动的拳头，用力去劝说他不可冲动。

"佐格说得没有错，罗伯特先生，当一个人遇到问题时，一定要冷静地先去思考问题，然后用智慧去解决问题。拳头果然可以出气，但带来的后果也是两败俱伤。用拳头说话没有赢家，放下你的拳头，伸出你们的手，没有什么过不去的事情。这个世界上，唯有友善才是最美好的。"

罗伯特听完大怪莫尼的话，刚才还紧握的拳头松开了。

佐格也很受启发，感觉眼前这么善良的孩子，午饭时间一定不是故意拖延时间，自己也在心里反思，刚才对罗伯特有些不是很礼貌，于是，主动上前和罗伯特和解。

"对不起罗伯特，刚才我的话有一点冒犯到你，我向你诚挚的道歉，希望你能接受。"佐格说完伸出了友谊的手。

看到佐格伸出手友善的冲着自己微笑，罗伯特也隐隐地感觉到自己的行为粗鲁，也伸出手，在大怪莫尼和大家的见证下和好了。

大家都开心地笑了，笑得很纯真，很友善。

第八章　魔法妙策

曼格顿兹魔法学校像往常一样，魔法师们都在努力学习新的魔法。

一切看上去都是按部就班。

所有人演示自己新学到的新魔法，只有劳尔看上去对魔法新知识新技能的学习和演示变得很消极。

因为他在想一个人，大怪莫尼。

他在努力想着办法，心思完全没有放在学习上。

他一心想着办法如何解救出自己的表弟，见人就问，见人就说。这不，马上看到了在一旁演示自己学来的新魔法的皮特就被劳尔盯上了。

"你说我们该怎样帮助大怪莫尼抓住真凶？这些天来我一直很上火，你说那家伙做了第二次案，也就一直不再出来了，这让我们该从何下手查找呢？真是郁闷到家了。"劳尔一边玩着手里的糖豆，一边看着眼前很认真演示魔法新技能的皮特，"皮特你有没有更好的办法？"

"暂时还没有。"皮特不想欺骗他。

"这听上去不是一个好主意。"劳尔得到皮特的答案，愁眉苦脸地叹着气。但劳尔还是想尽办法要帮助表弟大怪莫尼，帮助他早一天抓到真凶，帮助他早一天回到魔法学校的课堂。

"别灰心劳尔，我们一定会有办法！让我们大家都动动脑子想一想。"身边听到劳尔和皮特对话的马丽娜凑过身子来安慰着劳尔。

"说得对，办法一定会有的。"皮特不想让劳尔看起来很沮丧，也试图去安慰他。劳尔听完皮特的安慰，眼睛直勾勾地盯着对面的皮特，刚才还对自己冰冷冷的应付，现在又送来温暖的安慰。简直是反应神速，这么好的脑子不用在正事上完全是浪费资源，劳尔想到这里，诡异地笑了一下，接着开始讨好皮特，"你一定有好的方法皮特，我们一直认为你的好点子最多最棒。"

皮特可是一个不经夸的人，只要有人表扬自己，那自己的表现可是像打了鸡血一样的精神。

皮特也够直接，从来也不掩饰自己的内心活动，所有的心情都刻在那张不会撒谎的脸上，那笑容简直都可以在面部拧麻花了。

大家都看得出来皮特是用心了，所以都在默默地看着皮特，等待他的奇思妙策。

等了尚久，他终于开口了，"说起来也真的不难，如果我们可以利用我们的魔法，略施小计就可以救出大怪莫尼和克里。"皮特说到一半故意埋下了一个包袱，就是想看看大家的反应。反应如果不激烈他要临时改变对策，如果大家反应激烈，他就继续说下去自己的想法。

"快说，皮特。你说的略施小计是什么妙招？"劳尔第一个追问。

"就是，就是，我也很期待！"马丽娜表现得迫不及待。

"没有人不想知道你说的略施小计是什么，我也一样想知道答案。"吉米托着腮期待着皮特的答案。

"皮特看你的了，我的掌声都为你准备好了。"哈森打趣地说着。

"是呀！ 我的掌声也为你准备好了。快说你的略施小计到底是什么妙招。"多利尔一旁叫嚷着。

皮特见大家热情高涨，也就迫不及待地想把想法说出去，大家也都用同样的心情期待着答案。

但是好主意还没有说出，就被走上前看热闹的科比泼了冷水。

"千万别是什么馊主意，皮特！那就不好玩了。迎接你的可就不是掌声，很可能是嘲笑了，哈哈哈。"科比笑着自己的好伙伴，大家可都不买账，但又没有人想去得罪他，因为他的父亲可是教育局的最高长官。

所有人都给科比让开了一条小路，科比站在了皮特的面前。

"哈哈哈，和你开个玩笑，皮特，和大家开个玩笑。"科比不想自己的到来给大家败兴，说着违心的话，拍着皮特的肩膀，环顾着大家。

大家一听科比是在开玩笑，也就都放下了警觉。笑容又堆满了面孔。

"我们期待你的答案。"瑞斯迪停下了手里正在练习的新魔法，也来到了人群中。

"再不讲，我的兴趣点可要降到冰点了。"马丽娜有些不耐烦地催着皮特。

皮特被打击的声音包围着，他已经听得耳朵要出茧子了。他想想还是赶快说出来吧，可能自己也不觉得是好主意，但必须有个交代。

"好，我现在公布我的鬼点子，说的不好请大家多多包涵。"皮特战战兢兢地说着，他在刚才大家的期待中，心里其实已经自我否定了很多答案，因为刚刚的否定声音已经影响到了他的自信和思路，但他依然看到了大家渴求的眼神，他稍作停顿，整理了一下思路，接着说道："其实是这样的，我的想法是我们可以装扮成医生，装扮成保健医生去给他们检查身体，这样既不会引起猫人的警惕心，也很容易接近到大怪莫尼和克里。但至于接下来怎样救他们出来，我还没有完全想好。"

听完皮特的话，大家准备的掌声没有送出。但劳尔觉得这个主意很棒，率先为皮特鼓掌，大家看劳尔鼓掌，所有人都跟着为皮特鼓掌。点子是不错，但接下来的问题就更多了，包括如何正大光明地走进哈雷城堡，还有要去的人选谁最合适等等一系列问题，都要有详细的规划，这个时候大家你一句我一句开始了讨论。

"我认为还不如装扮成猫人混进去，猫人和猫人总不会怀疑吧。"哈森觉得自己的点子更有说服力。但马上被劳尔否决了。

"这个不行，猫人都是靠嗅觉辨别同伴的，既然你假装成他们的新同事，他们也会因为你身上散发着人类的味道把你驱赶走。"

"哈雷城堡可不是想进就进，想出就出的场所。

我觉得皮特的主意就很棒，虽然进去后还没有想好如何救出来大怪莫尼和克里。"马丽娜插了一句话。

"我倒是有一个好主意，但被抓到了可就完蛋了。"瑞斯迪建言献策。

"什么好主意说来听听。"劳尔忙追问。

"延续皮特说的，可以假扮医生。当那些看守的猫人不留意的时候，让大怪莫尼和克里穿上事先准备好的白衣大褂也扮演医生，这样就可以神不知鬼不觉地溜出来了。"瑞斯迪说完了自己的想法。

大家听了觉得有些道理，但也有反对的声音。

"假扮医生、假扮猫人我看都行不通，我们一看就是学生模样，怎么假扮？依照我的想法，干脆闯进去和他们拼战，或许有希望。否则的话，很难说大怪莫尼和克里什么时候出来！"科比凑热闹地认为这样的成功系数更高一些，大多数魔法师听了都在摇头，可是在劳尔看来，科比的话有几分可信。

因为对付那些精明又有灵性的物种，有时候讲道理是没有用的。

"你是说让我们拼了，也就是说劫狱，哈哈，好主意。我每天都这样想，那该有多么刺激。"皮特说到这里仰天大笑。

"那万一我们被困在里面怎么办？他们也会将我们关押起来的。"劳尔担心地回复着皮特，皱着眉头表示有些不妥。

"大不了跟他们同归于尽，我想魔法师的下场还不至于那么惨。"皮特做着最坏的打算，话里却带着希望。

"但我还是觉得不妥，等等，还是想想其他的办法吧！冲动是魔鬼，让我好好把这件事在头脑中理一理。我看这样，等过两天，我有了更好的主意，再来商讨。好了，我该回到自己的座位上去了，我想让自己膨胀的脑子好好歇歇，我想大家也都讨论得累了？每个人的点子听起来都不错，但需要好好规划一下。如果大怪莫尼和克里知道我们大家齐心协力地想着办法，他一定会很高兴。"劳尔说完，准备转身回到了自己的位子，他只是觉得大家暂时无法统一一个方法，脑子乱的想休息一下。

但劳尔的消极举动惹怒了身旁的女同学，马丽娜不答应了。

"你站住？大家都在想办法，你却要去休息。大怪莫尼和克里只怕也一定很难过你的行为。"

劳尔听完马丽娜的话，停下了前行的脚步。转身看着马丽娜比自己还要坚持，心里多少有点惭愧。他决定打起精神，在这个关键的时刻自己可不能掉链子。

劳尔好像是想到了什么，突然抱有期望地说到："我有办法了。"

就这一句话，集中了大家的思想。每个人将目光移到了劳尔的身上。

"说说看。"马丽娜鼓励着他。

"点子在我们的讨论中一定会越来越完美。"哈森也鼓励打起了精神的劳尔。

"是的，我们从来都是勇往直前，战无不胜的魔法师们。"乔斯鼓舞着大家，好的气氛是会传染的。

"只要是能早点救出来大怪莫尼和克里，我乐意让已经膨胀的脑子再扩充一些。谁让一个是我的表弟，一个是我的好朋友呢！你们说，我说的对吗？"劳尔说完，使劲地晃着头，让已经麻木的头，变得尽可能清醒一些。

"这就对了劳尔！"马丽娜上前给了劳尔一个拥抱，其他人都微笑着面对着劳尔。这才是他应该有的表现。

"我悄悄地溜进哈雷城堡，然后用魔法将大怪莫尼和克里变成两个小玩偶，我带他们出来。"劳尔很兴奋，他完全忽略了哈雷城堡内所有的魔法会立即失效。

所有人被他的热情感染着，直到劳尔自己发现这只是一个馊主意才停止了刚才的疯狂。

大家都沉默着，为了一个更好的办法沉默着。

过了许久，一直没有发言的吉米说话了。

她上前一步，"可以试试我的建议。"

劳尔见状忙追问："你有方法？"

吉米重重地点了一下头，示意劳尔自己可不是开玩笑。

"好吧！说出来听听看。如果不是冒很大的危险，我非常乐意在最短的时间内见到大怪莫尼和克里。"劳尔将身体向前倾斜了一些，让自己听得更真一些。

"派一个人去哈雷城堡，然后变成一只蝙蝠混进去，听说这是唯一能够在哈雷城堡存活下来的物种。它们在哈雷城堡可以自由飞翔，没有人会去约束这些蝙蝠，它们在这里充当着猫人的监视器，所以猫人对他们是没有任何警觉性的。

如果变成蝙蝠混进去，这样就可以见到大怪莫尼和克里了，顺便了解一下里面的环境，方便我们开展救援行动。"

劳尔听得很认真，也在心里盘算着，不时地点点头，看起来是一个不错的主意。

"怎么样这个方法？"吉米急切地想要知道答案。

马丽娜见劳尔露出一份惊讶的表情，一眼断定他根本就想不到。想到刚才还惹自己不高兴，马丽娜借机故意上前打趣劳尔："你觉得不理想，我们就撤了，等你想到更好的办法再来商讨。"

"不不不，这个就可以。大家觉得怎么样？"劳尔慌神的表情确定这是个好主意，眼睛眯眯着，　看着大家，幸福也来得太快了。

"这真是一个好主意！至少听到现在，我觉得这个主意最完美。"哈森兴奋地表达着自己的想法。

"是的，是个好想法。"马丽娜向吉米竖起了大拇指。

"此时，应该掌声响起。太棒了，太奇妙了。好样的吉米。"斯丹尼也竖起了大拇指。

站在一旁的乔斯送出了第一个掌声，接着掌声就把这里淹没了。

劳尔见大家如此踊跃贡献智慧，心里默默地笑开了花。他已经有些迫不及待了，迫不及待地打断了最美妙的声音。

"抱歉各位打断一下。的确、的确、的确！这确实是一个不错的主意，那我们什么时候出发呢？马丽娜、吉米、还有皮特，我想你们可以与我一起去。"劳尔说到这里，将目光扫到远处有些伤神的皮特身上，他知道此刻需要鼓励皮特，因为他的建议并没有被采纳。

"我没有问题。"马丽娜微笑着回应着劳尔。

"我也没有问题。"吉米肯定的回应着。

"我更没有问题，我乐意贡献力量。"皮特刚才忧伤的表情一下子就好了，真是童真啊。

"我倒是建议，人越少越好，这样不至于有太大的暴露，你说呢？劳尔。"马丽娜的提议不无道理。

劳尔在心里盘算着，到底带谁去最合适。"是的，马丽娜，你说的有道理。 要么乔斯和皮特玩一个剪刀、包袱、锤的游戏决定谁可以最后去，谁留下来。"

"这是个好主意！我从来就不会输。"皮特已经做好了准备，等待吉米接招。

"输赢都是最好的选择，减轻队伍的负担有些时候也是一种贡献。我觉得我会赢，你就留下作贡献也不错。"吉米也不甘示弱，为自己争取着最后的胜利。

"开始吧！"乔斯伸出了手。

"剪刀、包袱、锤！"皮特拉扯着嗓门，从气势上看起来要压倒对方。

但往往高手都是表现的很低调，吉米三局二胜赢了皮特。

"哦！见鬼了，我输了。"皮特还是不太相信自己输了的现实，嘴巴张得巨大，眼睛也瞪得溜圆。

皮特无奈接受了结果，上前给了吉米一个拥抱，祝这次行动进展顺利。

"很好，吉米跟着我们去，皮特留下来。你还没有说我们什么时候出发，这个很关键，我想现在就出发。"劳尔说到这，还是关心起程的时间。

"就这样定了吧！我们出发。"马丽娜响应着劳尔的建议。

"好了，没时间和罗丽丝教授请示了，你可以帮忙传个话。"吉米一边说着一边抚摸着罗丽丝教授的宠物猫头鹰。

"祝你们成功！"落败的皮特举手高喊着。

"期待你们的好消息，你们是最棒的，一定可以的。"哈森鼓励着即将出发的劳尔、马丽娜和吉米。

"替我向大怪莫尼和克里问好，我就这么一点小小的要求。"乔斯上前给了劳尔一个拥抱。"当然，也祝你一切顺利。"

"我们在这里等待着大怪莫尼的到来，也祝你们这次行动顺利。劳尔，加油，你一定可以的。"哈森最后鼓励着自己的同班同学。

"放心好了，我一定会带大怪莫尼平安回来的。"劳尔信誓旦旦地告诉大家，一旁的马丽娜有些看不下去了，急忙上前拦住他的话，不想让他对没有把握的事情做过多的承诺。

"我们会尽力的。"马丽娜补充了一句，没有再多说。她担心的是，如果这次的计划失败。这意味着吉米那聪明的脑子从此以后将成为异想天开的代言词。"

大家做了短暂的道别，三个人就骑上魔杖出发了。

第九章　午后奇遇

周末的大街上热闹非凡，人来人往。

此时，已是午后，若见远处昏黄的天空。

马路上，南来北往的人在车水马龙中穿梭不止，一辆黄色的士在等红灯，后排座是两名年轻一些的情侣。

女孩子拿着镜子照来照去，男孩子戴着耳机，后背紧紧贴在后排车子靠背上，享受着曼妙的音乐。

的士司机耐心地等着红灯信号变绿。

就在此时，一个西装革履的年轻男子突然拉开了车门，并坐在了车子的副驾驶的位置。

"你好，我想搭乘你的车子去大东方购物公园，谢谢。"男子说完，便靠在了坐椅背上，轻轻地合上了眼。

"不，车上有乘客。你应该换一辆的士，对不起，很抱歉。"的士司机向年轻人说着，希望他能下车。

"你的意思是想让我从车子上下来，是吗？是吗？我在问你！"年轻男子有些发怒，眼睛开始变成透明状，的士司机见状吓得不再言语，并顺从地将双手扶在方向盘上，并随即启动车子向前贴着地面飞奔而去。

但坐在后面的乘客却并不买年轻人的帐，并吆喊着说："快，快下去，你没有权利要求和我们同乘坐一辆的士车，我们是先上来的，你应该给我下去，拦后面的空车。我给你一分钟时间让你离开，别逼我对你动手。"后排坐的男士发怒的冲年轻人喊着，并紧紧握紧双拳，随时想把副驾驶的年轻人推下去。

"你是在说我吗？你的嘴巴很臭，很不招人喜欢，你去死吧！"年轻人转过脸来，全身变成了透明状，生气地将那个向自己示威的年轻人抓起，在手里揉捏成了一个球体，并从车窗扔了出去。

车子却没有要停，肆意向前狂奔，只是开车的司机已经吓得半傻。

年轻人的身体还在继续大面积变成透明状，眼睛死死地盯着剩下的那位女乘客，女孩早已经被眼前的这一幕吓得连话都说不出来，但依然看得出女孩现在是高度紧张，她不确定眼前的这个怪兽要对自己做什么，看上去可怕极了。

恐怖蔓延了整个车厢内，他看了看女孩，又转头看了看的士司机，然后又看了一眼蜷缩在后排座上的女孩，最后还是将下手的目标盯在了的士司机的身上。

的士司机还没有让自己反应过来，透明状的年轻人就已经断了的士司机的气，并吸净了他身体的血液，最后把他抛出了车窗外，这恐怖的一幕，吓得马路两侧的行人到处乱跑，要么疯狂绝望，要么瘫软无助。

车子还在继续飞行，只是开车的司机已经换成了透明人。透明人利达让自己平静了一些，这才恢复了正常，跳到了驾驶室后座的位子，没有驾驶员的车子不但没有失去控制，反而开得更疯狂更快了一些。

女孩一直不敢说话，她担心自己是最后一个没命的人。

跳到后排的透明人恢复了原貌，看上去仪表堂堂，根本就不会像是一个怪兽。

他开始安慰坐在旁边的女孩。

"嗨！很高兴认识你。我不会无缘无故去伤害任何一个人。刚才只是凑巧，凑巧我需要新鲜的血液补充自己的体能。"利达表现得很温和，他担心吓到身旁的女孩。

"你要带我去哪里？"女孩让自己的声音小一些，一举一动都掌握的恰似轻松。生怕惹怒了眼前这个杀人不眨眼的魔鬼。

"你在问我？"年轻人停下了口哨，回头看了一眼女孩。

"是的。——啊……！"女孩刚回答完，就听到"砰"的一声巨响，车子将其他的车子撞飞了起来，女孩以为丢了性命似地大喊，等她再睁开眼睛时，车子已经稳稳地停到了停车带上，旁边的建筑是一座雄伟的大厦。"

"很抱歉，刚才吓到你了！"利达耸了耸肩膀表达了歉意。

"是的，我现在很害怕！"女孩紧张地蜷缩着身子。

"不用怕，不用怕！"利达试图伸手去抚摸女孩的情绪，但被女孩阻止了，女孩吓得直摇头，不愿意利达靠近自己。

利达见状很无奈地推开车门下了车，下车后不忘扶车窗向女孩道别。

"嗨，认识你我很高兴，咱们交个朋友吧！我叫利达。你呢？你叫什么名字？"

"米娅。"女孩面无表情地看着利达，只想让他赶快离开自己的视线。

"一个让人难以忘记的名字，我很喜欢，我想我会记住它的。下次请你吃饭，再见。"利达说完转身要走，高空处突然掉下来一块偌大的不明物，砸向了利达的脑袋。

米娅被这突来的意外吓了一跳，她还在担心刚才那个和自己说再见的小子的生命时，被压成饼的利达让自己站了起来，随手整理衣服时不忘向受惊的女孩打个招呼，表示自己安然无事。

"我没事！再见！"

　　女孩更加吃惊眼前这个人，利达转身进了大楼的那一刻，米娅再也淡定不下来了，这是她长这么大见过最糟糕的事情，她一分钟也不想留在原地。

　　米娅没来得及让自己多想，换了一辆计程车，直接去了安保局。

　　一路上，没有让自己说些什么！只是呆呆的看着前方，眼前时而闪现后排座同行的朋友死亡的一瞬间，下意识的让自己的身体蜷缩在一起，双手紧紧地抱着自己有些发凉的身体。

　　在她看来，她要把刚刚经历过的事情汇报给猫人。

　　她身体发着抖，精神有些恍惚地看着前方。

　　她想要为朋友讨回公道，她想要亲手宰了那个家伙，她想要猫人立马捉到那个魔鬼，她继续想着，越想越害怕，越害怕越想。　车子行驶了几条小道后，停在了安保局的门口，此时，外面的雨下得很大，雨水打湿了车窗，雨下的特别急。

　　米娅付了车费，神情恍惚的从车上走了下来，她容不得自己多想，冒着大雨径直走进了安保局大厅。

　　第一次遇到这样的事情，女孩显得很紧张。她惊慌失措地在安保局的办公大楼里像无头的苍蝇来回走来走去，她异常的举动，被路过打水的猫人杰桑看见。

　　"你好！需要帮助吗？"杰森的右手拎个空的保温瓶，保温瓶有些不耐烦地扭动着身子。

　　"嗨，你好！女孩，我能帮你做些什么吗？比如说，你想报案，还是想找人？"杰桑见女孩没有回应自己，忙上前一步追问说，然后将询问的目光贴在眼前这个看起来神情恍惚的女孩的身上。凭借多年的工作经验，一看眼前的这个女孩就是刚刚遭遇了某些事情。

"我想找你们的局长，我是来报案的。"米娅有些急切地搓着手，看起来很紧张的样子。

"找局长？"杰森犹豫了一下。

"是的，找你们局长，我有重要的案件要说。"女孩说得很认真，杰森看起来表情也越来越丰富，脚掌在地板上敲得也更快了一些，尾巴摇晃得也更加欢快了一些，只是可能自己还不知道，他看起来比报案的女孩还紧张。

杰桑一直对她的上下打量，眼前这个女孩为什么非要找局长，想到这里，杰森带着好奇心继续和女孩说话。

"找局长，未免小题大做了一些，在这里报案，我就可以接待你。直接找局长，除非是大案子，否则的话，我不能带你去见局长的，弄不好我会被骂一顿，我已经被局长骂过好几次了。"

"你不能为了见局长欺骗我，开始都说有重要的事，可一到局长办公室，案情就变了，不是自己在车上被性骚扰，就是怪这个城市的小偷太多，治安不好。这怎么能算上大事呢？如果你真想去，至少你的报案要超乎人们的想象。我的意思是说，也许很巧杀害大提琴海保险的罪犯被你找到了。但|、但这是绝对不可能的，那家伙是个透明物，我们猜测是透明人，正常情况下是很难被发现的，除非你们近距离有过接触，不然的话，发现透明人还确实存在难度。"杰桑说着用手比划着事情的重要性。

"我见到他了！我真的见到他了。他杀了我朋友还有的士司机。"女孩越来越激动，语速也越来越快。

"什么？你见到过透明人？他杀了你的朋友，还有的士司机？"听完女孩的话后，杰森警官看起来不淡定了，脚敲地板的节奏更快更响了，尾巴也比刚刚转得更快一些。"我没有撒谎，是透明人，他在的士上，还杀死了司机，包括我的朋友。"米娅一边回忆一边描述，但被杰桑一口否决。

"不，你在开玩笑！之前想见到局长的人都是这么说的，你别在做梦了，我可不想再受到一丁点的连累，哪怕是一点点。"

"我没有撒谎。"米娅已经表现得有些不耐烦了。

"别闹了姑娘，这里是安保局，在这玩笑开大了，就会构成犯罪，你知道吗？——犯罪！"杰桑重复地说着，希望眼前的这个女孩能冷静下来。

"你怀疑我报假案？"女孩看起来有点伤心。

"也不全是，或者是你见局长的一个借口。"杰森见女孩受到委屈的样子，尴尬地自言自语。

"相信我，我是来报案的，我真的没有说谎，他还要请我吃饭。"女孩接着和杰森描述着当时的场景。

"哦！不会吧，还要和你一起吃饭。"让我静一静，杰森看着眼前的女孩，包括她说的话越来越听不懂，但是能够唯一说服自己的，就是米娅那双坚定和急切的眼神。杰森想到这里，还是决定再冒一次险。于是，杰森鼓起勇气，准备带着女孩去局长的办公室碰碰运气。

"好吧，你跟我来。"杰森警官在前面带路，女孩跟得很紧随后，差点踩到杰森的尾巴。

"这太突然了，这是一个值得头版头条的大新闻，太不可思议了，踏破铁鞋无觅处，得来全不费工夫，我还真是幸运，今年的年终奖一定不会少拿，嘿嘿嘿。"杰桑边走边开心的说着女孩子听不懂的话。

女孩没有说话，只是在身后默默地跟着，希望赶快见到局长先生。

巴克局长的办公室里，很多猫人斗士安保员正围着一张桌子在讨论些什么?透过玻璃窗可以看得一清二楚。

此时，杰桑敲响了房门。

"请进。"巴克局长正坐在老板椅前看着每天要看的报纸。

"好消息，局长先生。"杰森说完，就拉着女孩推开了房门。

"她是谁？杰桑，你给局长打的开水呢？"猫人乙司转身见杰桑两手空空马上上前质问。

"这事比开水重要！我想你们大家听后，就算喝生水也乐意。"杰桑有些洋洋得意，旁边的同事都不明白他内心在想些什么，将好奇的目光聚焦在他的身上。

"请问你是来报案的吗？小姑娘。你看起来很紧张，发生了什么事情？"巴克局长放下手中的报纸，站起身来看着眼前这个全身发抖的女孩，一脸的心疼。

"快把你知道的事情告诉局长先生，这个案件意义重大。我想，局长会很乐意接待你的。"杰森示意女孩赶快说出案情，其他围在办公桌的猫人也都放下了自己手里的工作，想听听看，眼前这个瑟瑟发抖的小女孩到底经历了什么事情，还有杰森警官所说的案情重大。

"您好！巴克局长，很荣幸能来到你的办公室，我先做自我介绍，我叫米娅，父亲是美国人，妈妈是中国人，我是混血儿。我身上既有美国人的开放，也有中国人的内敛。所以我想说，你们要找的那个透明人我知道他在哪里。我们见过面。嗯——刚刚！"米娅刚说完话，巴克局长突然平静的表情再也安静不下来了，他兴奋地摇晃着尾巴，速度明显加快了许多，其他猫人安保员也都围拢了上来，尾巴也都摇晃得更快了，听起来这还真是一个爆炸性的大新闻。

"你说你见过透明人？在哪里？能说得更详细些吗？"巴克局长说到这，眼睛都开始冒绿光了。

巴克局长见眼前女孩有重要案情汇报，立马吩咐自己的下属去倒茶水给女孩。

自己也迎上前去和女孩拉着家常，"请坐，你看上去就像是我邻家的小妹妹，当然，我也会像大哥哥一样接待你。"

"大哥哥……哈哈哈哈"女孩听完巴克局长的话，开怀大笑起来，"你可以当我叔叔了巴克局长！您的年纪应该和我父亲差不多。"

"叔叔？哦，好吧，我确实和您的父亲年龄差不多，我也有一个像你这么大的女儿。"巴克局长有些不好意思地回答着女孩。

"孩子，快说说你的案情，我已经有些迫不及待。你可知道，我们要找的这个透明人已经很久没有露面了，没想到你和他近距离刚刚有过接触。如果是我遇见他，我会将他绳之以法。你做得很好小姑娘，非常棒。我们可以接着聊。"巴克局长故作镇静地看着女孩，其实内心早已开心的波涛汹涌。

两个人继续聊着天，杰森送上了一杯带有玫瑰香味清澈的茶水。

"谢谢！"接过水杯女孩礼貌地冲着杰森笑了笑。

"是我能够为你们提供有利的线索，你们才这样热情招呼我的吗？"米娅故意调侃眼前的这位可爱局长。

"不，我们都一视同仁，不像你想象的那样复杂。对了！听杰森说透明人杀害了你的朋友，也杀害了的士司机？我想知道你们之间发生了什么事？在哪里遇到的？还有现在他在哪儿？他为什么没有伤害你？"巴克局长低下身子，随即拿出了一支笔和一个本子，想要记录女孩接下来告知整个案情的每一个细节。

"好吧！是这样的！今天下午我跟朋友打计程车去中央公园的路上，突然遇到一个强行上车的年轻男子，他看上去很让人印象深刻，给人的第一印象就是，彬彬有礼、很有风度，可后来发生的事让我很害怕，他完全变了一个人，变成了一个透明人，变成了一个魔鬼，我的朋友和的士司机都没有逃过他的手。"米娅说到伤心处眼泪就流了出来，她没有想到出来逛街是和朋友的最后道别。

"不用怕，这里是安保局，接着说，我们会保护你的安全。听起来这家伙完全是丧心病狂，但可以放心，我们会很快破案。"经验丰富的巴克局长看出了女孩的不安，忙上前安慰。

"不如先喝一口水平复一下心情，慢慢来，味道很棒！"巴克局长端起桌子上的杯子递到了女孩的手里。

米娅接过杯子，让自己口渴的嘴唇搭在杯沿边轻轻地沾了一滴，少许几分钟后，她看起来状态好了很多。

"对不起，一想到下午发生的事情我就害怕得全身发抖，情绪不能控制。很抱歉我刚刚没有控制住自己的情绪，我想我应该坚强一些。"女孩歉意地表达着刚才自己为什么说不下去的原因，长长地舒了一口气。

"我很理解你刚才的行为，你已经表现得很坚强了。"巴克局长鼓励着女孩子的勇敢和坚强。

"是的，你很棒！让自己平复下来，慢慢讲。在这里没有人可以伤害到你，你知道的全部讲出来。我们都会保护你。"杰森也上前安慰。

女孩点点头，轻轻地闭上了双眼，深深地让自己吸了一口气，她试图让自己更加的放松一些。

米娅情绪平复了很多，她将杯子轻轻地放在旁边的桌台上、抬头看着巴克局长，又看了看杰森和猫人乙，哀求着说："求求你们，一定要抓住那个透明人，他杀死了我的朋友，杀死了的士司机。"女孩说到这里，伤心的又差点哭出声来。

"放心，我们一定会抓住这个家伙的，不用担心，正义会战胜一切邪恶，我会立即安排抓捕行动。"巴克局长怒火中带着对女孩的一丝怜惜，心里恨透了这个给自己添加了不少麻烦事的家伙。

"听起来确实是个不幸的周末！"杰森自言自语地感慨着。

这时，女孩没有再哭泣，她让自己振作了起来，接着描述着下午发生的事情，好提供更多线索让猫人尽快找到那个透明人："的士准备启动出发时，有个年轻人挤到了车内副驾驶说搭个便车，但我看得出，他好像没有开车门，是直接进来的。"女孩说到这里，眼神中透出的惊奇和巴克局长的疑问交织在了一起，杰森站在一旁听得两个大耳朵更坚挺更大了一些，两只眼睛看看女孩看看巴克局长。

女孩接着说："的士司机刚开始还将那个年轻人往下赶，可不知为什么？他突然变成了透明的物体，我和我的同事当时就被吓到了，的士司机也不再指责他了，老老实实只是双手握紧方向盘在开车，我没有反抗，但是觉得很害怕，我让自己蜷缩在后排的坐椅上一动不动。"

说到紧张处，女孩端起茶水喝了一口，接着说，"那个透明人用眼睛直勾勾地盯着我的朋友，然后就将我的朋友抓起来揉成了一团球扔出了车外，在当时的情况下我害怕极了，只是在心里默默地祈祷所有人不要有事，但最不想看到的还是发生了，司机也被透明人杀害了。"

"接下来呢？"巴克局长紧紧追着线索不放。

"后来他开的车，一路上跌跌撞撞，撞过车辆和路灯、撞过很多障碍物，甚至车子翻滚过，真的好神奇，我和他居然一点事都没有，最后他将车子停在了一座大厦楼前停下，和我打了招呼就离开了。"

米娅说完无奈地耸了耸肩，看上去有些沮丧。

"这真是一个大情报，谢谢你美丽的姑娘，你说的透明人正是我们要找的嫌疑犯，真是大快人心，我要亲自捉拿他。"巴克局长听完女孩的话，表现得有些兴奋，这一刻，巴克局长看上去像个大男孩很是可爱。

"如果抓到了透明人，很多事情就可以解开了，比如关押在哈雷城堡的大怪莫尼和克里，可以早一天回到魔法学校了。"杰森分析着案情，女孩让自己喝了一口水，巴克局长若有所思地想着各种抓捕方案。

巴克局长的办公室气氛也一下子紧张了起来，杰森连大气都不敢喘息，快速转动这两根大拇指，好让自己一点点小激动的心情平静下来。

"还记得在哪里下车的嘛？"巴克局长转过身子看着女孩。

"这个我可以回答你局长先生！他下车的地方在西海岸一家大厦，旁边是购物中心。但他具体去向，我就不清楚了。"女孩努力回忆着透明人下车的地方，坚定地告知巴克局长。

"很好，看来我们是时机开展抓捕行动了。非常谢谢你及时来报案，这事关重大，你不但帮了你的朋友，你还帮了的士司机，你更帮助了这个社会更多的人免于遭受灾难，你真是一个伟大的女孩，从这一刻起，你的人身安全也全权交给我们来保护你，所以你一点都不需要担心。"巴克局长说得很起劲，女孩却听得一头雾水，还不知道这个透明人就是全城追击的要犯，只是让自己默默地点着头接受来自巴克局长的赞誉。

"对了，你立了大功，我要奖励你。"巴库局长看着女孩哈哈大笑。

"奖励我？"女孩不解地追问："为什么？"

"因为你提供了很有价值的线索，当然前提是你提供的线索真实有效。"巴克局长补充着女孩的疑问。

"是的，这是一笔不小的报酬。"杰森端起茶杯说罢喝了一口茶水。

"是的，要奖励你，一定要奖励你。当然这也是上级的意思，包括物质奖励和精神奖励。物质奖励当然就是钱了，精神奖励你可能是第一次听说，我要给你解释一下。比如说，优秀好市民、爱国主义者。你看怎么样？漂亮又迷人的米娅小姐！"巴克局长边说，一边征求着她本人的意见。

"物质和精神的奖励我都不需要，我想亲手宰了这个家伙，虽然他恢复人的模样后看起来非常有风度，但是已经触碰了我的底线，他伤害了无辜者，我只想让他抵命。"米娅的话刚说到这里，听着的人都互相对视了一下，没想到眼前这个女孩这么有范儿，视金钱如粪土。

从猫人之间交流的眼神里就很容易看得出，每个人的心里已经开始不踏实起来，因为在他们看来，这个透明人还会去伤害更多的无辜。

"你变得很勇敢，女孩。比刚才看起来要勇敢的多。"巴克局长肯定着这个刚才还弱不禁风的女孩，通过这件事情，他看到了她另外的一面。

"谢谢局长先生！我已经有些迫不及待想要抓住他，说不定他还会去破坏和伤害这里的一切。如果你们能早点行动，可以预防更多这样的事件发生。"米娅听不进去什么讲理不讲理的话，她一心想要猫人尽快抓住真凶。

"你说的没错，他杀人的动机很有随意性，所以，我们要尽快行动了，我可不希望再有无辜者成为他的下一个目标。"巴克局长叹着气心里有说不出的担心。

"那我们立即对他采取行动，打他个措手不及。说不定，现在就是最好的抓捕时机。巴克局长，您的意思呢？"杰森看起来第一个支持抓捕行动立即开始。

"不，我们现在去盲目地抓他，定然会打草惊蛇，再说了，我们还没有人见过他的真面目，就算是他现在推开我们的房门，站在我们的面前，也没有人会认出他来。当然，我们的客人不算在计划之内。"巴克局长说完，眼睛移到了米娅的身上，生怕她对自己刚才说过的话多想。

米娅理解了巴克局长的意思，微笑地回应着巴克局长，自己没事。

"你提供的线索已经够详细了，如果你还知道些什么？可以都告诉我们！"巴克局长见气氛有些尴尬，插了一句。

"听说那个大厦有一个秘密实验室，主要方向是研制新生物，是的，我肯定，因为之前很早就听说过。"米娅突然想到了更多的信息。

"你肯定他刚刚去了大厦？"杰森看着女孩，不希望放掉任何一个细节。

"可以肯定。"女孩回答的也更加肯定。

"就是因为你觉得他很奇怪？然后大厦有个研制新生物的实验室，是不是靠这个判断做的决定？透明人就在那个大厦？"一个猫人把疑惑丢给了女孩，应该这个答案是所有人想要确定的，毕竟对他们来说，接下来的抓捕行动不能有丝毫的大意。

"他的行为让我确定，他的确去了那个大厦！他最后走的时候还说要请我吃饭。"女孩纯真的样子回答着大家。

"哈哈哈，这可真是好事情。可以引狼入穴，对我们抓捕透明人来说简直是个妙棋。"巴克局长拍着手示意大家这是个好机会。"你们约在了哪里吃饭？是今晚吗？"

"不过是改天，他这样说的！" 女孩的话，简直泼了巴克局长一盆冷水。

原本的希望瞬间被打破，接下来，等待抓捕时机变得不可预测，屋里的人着急的心情笼罩着整个房间，巴克局长陷入了沉思。

他们希望眼前说话的女孩没有说谎，希望那个透明人利达就是杀害大提琴海保险公司人质的家伙，希望还大怪莫尼一个公道，希望魔法学校能够很快得到好消息。

第十章 重要的情报

闻着清晨花草的香味，大怪莫尼揉着惺忪的眼睛第一个起床了，他怎么也想不到，哈雷城堡墙外正在有计划地做着营救他和克里出狱的准备。

迎着一丝晨光，马丽娜、吉米，劳尔已经来到了哈雷城堡的门前，他们小声地交流着，一边注视着四周铁壁铜墙的围城。

"你做好准备了吗？"马丽娜问劳尔。

"当然。"劳尔肯定地回应着马丽娜。

"你看上去很勇敢，劳尔，祝你成功。"马丽娜微笑着看着劳尔，眼神里充满了崇拜和对劳尔的期待。

"或者你要提前出来，就直接回魔法学校。"吉米补充着更多的信息。

"没问题！只是我飞回去的时候，会是一个全新的模样，比如你们拿我做了桌上餐，那我可惨了点。"劳尔幽默地自嘲着，想让此刻的气氛稍微轻松一些。

"来吧！我想知道被变成蝙蝠的滋味。"劳尔刚说完，马丽娜就用手中的魔棒点了一下劳尔，一道白色光消失后，劳尔就变成了一只蝙蝠，作了道别就混进了哈雷城堡内。

马丽娜和吉米担心被发现，让自己变成了一棵大树隐藏了起来。劳尔变成的蝙蝠像是无头的苍蝇，在哈雷城堡内四处乱窜，当劳尔飞跃地下管道时，突然被守候在此的守卫蝙蝠发现，并试探性地靠近他，在气味中确认劳尔是个外来户。

守卫蝙蝠立即通告蝙蝠王，蝙蝠王扇动着翅膀叫来了蝙蝠群，各个通道开始拦截劳尔，试图抓住它。

"它在这里。"发现劳尔的蝙蝠召唤着同伴。

"这就过来。"蝙蝠王调头冲向劳尔的方向，大群的蝙蝠也都集中向这个方向聚拢。

"嗨，你是从哪里来得野蝙蝠？想要加入我们的组织吗？哈哈哈，不，不，别做梦了，我们从来不收外来户，你还是趁早滚远点吧，不然我可要撕碎你。"蝙蝠王恶狠狠地盯着劳尔，劳尔只是无奈的闪动着翅膀，做着逃跑的准备。

"今天你遇到我们，也算是你倒霉了，真希望孩子们都从你的身上叼走一块肉尝尝鲜，你看我们看你虎视眈眈的样子就能感到对你的热情。"蝙蝠王说到这里蝙蝠们都面露出狰狞地笑着，笑声传遍了整个牢房，传到了大怪莫尼和克里的耳朵里，但大怪莫尼和克里哪里能够想到这是劳尔冒着生命危险在营救自己，不然他们早就待不住了。

地下管道这边，管道里的丑恶表现继续上演着。

"外来货，在你临死之前，你还有什么话要说吗？没有的话，我们可就不客气了。"蝙蝠王说完，用舌头在嘴边打了一个圈，目露凶光地盯着劳尔，随时都可能把眼前这个他们看来是外来货的蝙蝠吞食掉。

劳尔见眼前的情况不妙，忙上前拖延时间，"等一下，我有话要说，不会要很长时间。"劳尔怎么也没有想到，一进来就遇到生命的危险。

他知道抗衡就没有活路，他在故意拖延时间，找着逃跑机会。

只要有一点时间，他也不会轻易放过，要不然这样死了，也太冤枉了，想到这些，劳尔鼓起勇气调侃起对面这群蝙蝠。

"我想说的是，我想说……"劳尔其实也不知道自己想说什么，吞吞吐吐。

"你说吧！快说，给你一分钟的时间，想说什么就说什么。从我喊出第一个数字开始计算。——1，开始。"蝙蝠王见孩子们有些等不及，便给野蝙蝠说话设了时间。

劳尔挥动着翅膀，见所有的蝙蝠都像饿狼一样盯着自己，一时紧张地说不出话来。"说呀，怎么不说话？不说话就意味着放弃说话？放弃说话就意味着我们现在可以分享你了。是吗？"蝙蝠王做着最后的提醒。

劳尔挥动着的翅膀扇动得更快了一些，用眼睛扫着周围的空隙，大声地叫骂："我是想说，你们看上去都是愚蠢的混蛋，是世上最可恶的家伙，快看你们的身后。"

劳尔刚想转移他们的视线让自己逃跑，可没有想到的是没有一个蝙蝠上当，还是紧紧地盯着他，劳尔看上去有些小尴尬。

"真是训练有素。"劳尔被这群家伙折服了。

"就不应该和你浪费时间，小骗子。"蝙蝠王边说边张开血盆大口冲向了劳尔。

劳尔先是吓得面色发青，然后一个地空动作冲出了包围圈，然后箭一般的速度四处跑路。

"他在那。"蝙蝠群中传出了一阵急促的声音。

"快去追，最好将它撕个粉碎。"蝙蝠王一声令下，蝙蝠群像疯了似的向前追去。劳尔一边急速逃亡一边回头确认蝙蝠群与自己的距离，他让自己的飞行速度再快了一些。

但这样的飞行距离差距，开始还没有紧张感，但随着时间的拉长而慢慢的缩短，追上来的蝙蝠群更加靠近了劳尔一些。

劳尔只能不停变换着飞行姿势，试图摆脱这群丑恶家伙的追赶，他也努力让自己贴近前方不远处一排排的监舍飞行，尽快找到大怪莫尼和克里。

后面的蝙蝠群真是锲而不舍，训练有素啊，不但丝毫没有放松追赶，反而追得更快了一些。

最先追上来的那只，被劳尔一个后踢就送了小命，然后逼近监舍的位置，劳尔清楚，只有来到这才有活的希望。

蝙蝠王从后面紧追了上来，眼看锋利的爪子要抓到劳尔变成的蝙蝠时，突然一个下转身，给蝙蝠王一个兔子蹬鹰，蝙蝠王没有来得及躲闪，左翅被无情地抓伤，飞行的速度明显慢了下来。

"头儿，你怎么了？没事吧？我去给你报仇。我要拿他的头回来见你。"随行的一只蝙蝠见状便想当出头鸟。

他安慰了蝙蝠王，火速上前追去，刚要贴近劳尔，劳尔后尾部喷出一团火，追赶上来的蝙蝠都没有来得及躲闪就被烧伤，纷纷掉落在地上，哀嚎着一副狼狈相。

看到这么多弟兄受伤，蝙蝠群变得更加地狂躁了，纷纷使出绝招对付劳尔。

情急之下，劳尔一个右转身躲闪到了 7 号监室，没有来得及反应的蝙蝠群，被这突然的变化搞得来不及刹车，纷纷都撞在了前方的墙皮上。

这群蝙蝠试图再次腾空而起，才发现很多受伤的蝙蝠已经力不从心，最后赶来的蝙蝠王看在眼力，气在心里，并发怒地大吼："给我抓住他，一定要抓住他。"蝙蝠王的话刚说完，幸存下来的蝙蝠重新编排了队伍，像离弦的箭一样冲了出去，劳尔大有不祥之感，挥动着翅膀，随时要躲闪他们这群疯子一般的家伙。

蝙蝠群又重新黑压压的一片袭击了过来，劳尔刚要起身，突然，蝙蝠群中射出来一个更大更狂躁一些的蝙蝠，爪子抓住了劳尔的翅膀，死死地抓住不放，劳尔也在拼命的想要甩开，但对方实力太强大，抓得自己快要粉碎了，劳尔灵光一闪，突然变成一个很大的雄鹰，抓住刚刚还疯狂撕咬自己的蝙蝠，一口吞掉肚子里。

"快跑，这家伙变异了！"刚刚还围住劳尔的一群蝙蝠四散而逃。

"没那么容易，让我和你们好好玩玩。"劳尔挥动着巨大的翅膀，俯冲向逃亡的蝙蝠群中，来不及躲闪的小一些的蝙蝠紧紧贴着墙皮一动不动，劳尔从身旁飞过后，有的被吓死了，有的吓得口吐白沫，有的直接小便失禁。

劳尔的目标很清楚，擒贼先擒王，只要控制住蝙蝠王，一切战斗就即刻结束。

蝙蝠王带领着蝙蝠群做着最后的抗争，丝毫没有要妥协的意思，但蝙蝠群受伤的小家伙却是越来越多，基本上要失去战斗力。

蝙蝠王飞得更快了一些，劳尔也紧跟在后面，眼看就要抓住蝙蝠王的时候，巡逻的猫人出现了劳尔的眼前。这时候劳尔一个急刹车，但已经被猫人看见。

"抓住它，一只老鹰，不能让他跑了。"巡逻的猫人喊着请求救援。

劳尔一看被发现了，又变回蝙蝠，混进蝙蝠群中，猫人一下子认不出来，只是站在原地干巴巴的眼睛四处探望，希望能找到目标。

但蝙蝠王嗅出了劳尔的味道，来到了他身边，"你还是乖乖地投降吧小子，你身上的味道就暴露了你。"

劳尔见蝙蝠王认出了自己，猫人也不会善罢甘休，干脆能闪就闪，提起翅膀"嗖"地一下远去，消失在他们眼前。

"是劳尔，我肯定是他。"大怪一眼就认出了劳尔，有些惊喜，指着窗外的蝙蝠对克里说。

"劳尔？你说那只蝙蝠是劳尔？"克里一头雾水地看着大怪莫尼，一边用手摸了一下大怪莫尼的额头，"你好像没有发烧啊！怎么还说起了胡话？"

"我没有说胡话，不信你瞧。"大怪莫尼让自己紧贴铁围栏，扶起双手大喊一声，"劳尔，我在这里，我在这！"

大怪莫尼的声音传到了劳尔的耳边，劳尔循着声音，俯冲来到大怪莫尼的身边，大怪莫尼让劳尔躲进衣襟里怕被人发现。

因为在大怪莫尼看来，只有藏在自己的衣服里面，才能躲得过蝙蝠群和猫人的追击。克里将身体贴近大怪莫尼，一起保护着这个让他们感动的好朋友。

但没过一会时间，蝙蝠王循着气味来到了 6 号监室门外，就一会工夫，这里被黑压压围成了一团。

气氛瞬间变得非常紧张，连呼吸都变得有点困难，监视门外的蝙蝠群越挤越多，一会儿的时间，监室内外就拥挤得漆黑一片，阳光再怎么使劲，也照射不进来。

监室内的人被这突然到来的情况弄得丈二和尚摸不着头脑，一个个不明真相的带着好奇心跟了上来，都想弄明白刚刚还平静的环境怎么就突然被一群飞来的蝙蝠打乱。所有人都注视着外面的蝙蝠，所有蝙蝠都注视着大怪莫尼，所有人又收回眼睛看着大怪莫尼，这里发生的一切，只有大怪莫尼、劳尔、克里知道，其他的人只是想解开这突然袭来事件的答案。

"你们来这干吗？这里是禁止入内的场所，你不怕我按下红色警报器将刘警官喊来吗？他可不会惯着你们。"罗伯特隐约感觉大怪莫尼有了麻烦，上前扒在铁栏杆上赶着蝙蝠群。

"我们是来抓一只野蝙蝠的，对我们来说，他是一个外来货，你多什么嘴，大个子，有能耐你就出来呀！还待在大牢里面做什么？"一只蝙蝠扮个鬼脸、故意嘲笑着眼前这个关在铁笼子内看上去很魁梧健硕的大家伙。

"这没有什么野蝙蝠，也没有什么外来货，我想你们一定是找错了地方。"罗伯特生气的用拳头捶着铁门。

"对，这里没有什么野蝙蝠，也没有什么外来货。他说得很对。"大怪莫尼说完看了一眼罗伯特，罗伯特也看了一眼大怪莫尼，眼神中互相鼓励着对方，大怪莫尼更多地是安慰罗伯特被刚才的蝙蝠惹怒消消气。

"你又是谁？我看那只野蝙蝠是被你藏了起来，不交出来的话，我会用爪子撕碎你！我已经闻到了这个家伙身上的臭味。快交出来，我可不想动粗！"蝙蝠王挥动着翅膀贴近了大怪莫尼，鼻子顺着大怪莫尼的衣角嗅到了劳尔藏身的地方停下，蝙蝠王狰狞地看着躲藏在大怪莫尼衣衫内劳尔漏出的眼神，瞬间让自己怒了起来，挥动着翅膀扇向了大怪莫尼，幸好有铁栏杆挡着，不然大怪莫尼可要受重伤了。

蝙蝠王试图冲进去却没有成功，就命令蝙蝠群攻击大怪莫尼，因为除了蝙蝠王，其他的蝙蝠身材看上去要小一些。

蝙蝠群接受了命令，集体冲进监室内大怪莫尼的方向，所有人都团结起来一起反抗，克里紧紧的保护着大怪莫尼，罗伯特带领其他人阻止了蝙蝠群的袭击，两方都在混战中有所受伤。

蝙蝠王见形势不利于自己一方，再这样战斗下去，蝙蝠群就要完蛋了，忙缓和了语气，"好了，住手吧！所有的人听好了，最好能够配合我们的工作，不然的话你大家都知道和政府作对的下场，坦白地说，你们也不想惹事，但是可能有其他原因让你们不顾自己的安危来救一个野蝙蝠，这听起来很好笑，但一定另有隐情。"

蝙蝠王说到这里让自己停止了一下，他看看眼前这些人的反应到底如何，为接下来发生的事情做着打算。在自己看来，面前的这些魔法师可不是好对付的。

"哦！哦！哦！看来你们是不是想通了，打算把野蝙蝠交出来，如果是这样，你们就做对了。"

蝙蝠王停顿了几秒接着说，"看来那只野蝙蝠就在里面！是谁把它藏起来了？最好把它交出来，要不然，你们可有罪受，交出来吧！最好配合一下，我不想因为此事和你们伤了和气。我们在一起的日子还长着呢！"

"你们在那里干什么？怎么都聚在这里来了，你们真是吃了豹子胆了，进来也不跟我打个招呼！谁让你们进来的？"猫人刘警官边说边向六号监室走了过来。

"头、猫人刘过来了，怎么办？他好像发火了。"蝙蝠群里发出担心的声音。

"不用怕，我来对付。"蝙蝠王胸有成竹地安慰着孩子们，并主动上前去迎接怒火冲天走来的猫人刘。

"嗨，尊敬的猫人刘，你好！请允许我先跟你讲几句。是这样的，有一只野蝙蝠闯进了你们的禁地，并躲在六号监室里，由于事情太突然，所以也没有提前向您汇报。我认为这点鸡毛蒜皮的小事就不要麻烦你了，你说我说的对吗？我知道你不会怪我的，是因为我们是一个集体，对吗？我这样说你能理解吗？猫人刘！"猫人刘站在蝙蝠王的身前，任他拍打着翅膀将话说完。

"不！你们这样做是不把我放在眼里，小心我去监狱长那里告你们的状，至少你们应该跟我打声招呼，在这里我说了算，明白吗？白痴。"刘警官愤怒地大声指责，好像没有要原谅的意思。

"不、不、不，你不要生气，我这样做也是我的职责，当然应该要事先和你商量。但是，但是事情紧急，我们就直接闯了进来，我想那只野蝙蝠一定有不轨的来头。我可是替你来处理隐患的，别出了大事，不好交代！你说呢猫人刘？" 蝙蝠王轻慢的语气飘散在走廊里，猫人刘听后，既生气、又是无奈，因为他清楚，眼前这群淘气的蝙蝠是监狱长养的一群宠物，也是这里的守卫员，再说了也是公事，想到这里，猫人刘突然换了口气说："对呀！我们从来不欢迎外来物种。"

听到这些话的大怪下意识地抱紧双臂，他试图将劳尔在自己的身体里藏得更深了一些。

猫人刘这时候眼睛转移到了监室内的所有人，一个小碎步上前，将脑袋贴在了铁栏杆向监室内探去，扫了所有人一圈后将目光移在了大怪莫尼的身上，猫人刘怀疑的眼神看着大怪莫尼，看着他双手抱怀的不寻常举动，自己的尾巴也翘得更高更坚挺，好像眼前的孩子就是他要找的目标。

"是你把那只野蝙蝠藏了起来？" 猫人刘凭着直觉看着大怪莫尼，大怪莫尼那双虚心的眼神让猫人刘更加坚定自己的猜测。

"没有，没有，我什么也没有藏。"大怪狡辩着，说话有些结巴，他做着最后的努力保护劳尔，身体轻轻后侧了一下。

"是你藏的就交出来吧！我知道你是个善良的孩子，但是外来物种我们不欢迎的。如果你想养它当宠物，我就更要劝你了。你可以养只猫。"猫人刘说完，上下打量了一下自己。

"没有，我没看见。"大怪故作镇定地说着，以转移猫人刘的视线。"是的，他没有藏什么东西。好像有个东西刚才飞到那边去了，但是没有进来。" 克里着急地想出来一个对策，大声的喊了出来。

"很好！如果你立功了，我奖励你吃蝙蝠肉。但是我只能相信一半，还有一半就是在你的衣服里藏着。"猫人刘还是有两下子的，不会轻易被欺骗。

"我还是觉得在你身上，请配合我，谢谢。"猫人刘没有放弃，一直盯着有些紧张的大怪莫尼。

"不，这里什么都没有！"大怪指着自己的衣服，故作轻松。他真的担心表哥劳尔的处境。"是的，没有，绝对没有。"克里也抬起了手臂，让猫人刘打量自己的身体。"我也什么都没看见，说真的头。"罗伯特也上前走了一步，他不想看着自己的好朋友为难也在替他保密。

"如果有的话，我们早就会赶他出去，我们也担心外来的东西身上不干净。"又是一个帮大怪莫尼说话的站了出来。就这样，你一句我一句，猫人刘刚才的坚定也被慢慢地磨灭了。

轮到最后一位，佐格讲话的时候，监室所有的人都在为大怪莫尼捏着一把汗，他们之前为吃饭的问题争吵过！没想到的是，佐格说出的话，还是让同监室的人得到欣慰，让大怪莫尼提到了嗓子眼的心能够平静的跳动。

"是的，的确什么都没有，我看这群蝙蝠分明是来捣乱，这分明是不把你放在眼里，哈雷城堡是鸟都不拉屎的地方，那有可能会来只野蝙蝠呢？如果真有，也许是一时迷失了方向，现在早就飞了出去，早就不在监室里东躲西藏了。"

佐格说完，克里这才喘了口气，他最担心的就是佐格出卖了大怪莫尼和大家，还好，佐格没有让自己失望，也没有让大家失望。

"不，你们都在说谎，明明那只野蝙蝠躲在你们6号的监室，它在遇到无路可走求救时，不停地在喊大怪莫尼和克里的名字，如果我听错了，那不可能其他监室的在押犯也听错了吧！猫人刘，你可以询问一下7号监室的在押犯，不就真相大白了吗？"蝙蝠群里传出更馊的点子。

猫人刘听到这话不但不高兴反而有些烦恼不堪，这些叽叽喳喳的家伙只会出馊点子，但不会为馊点子去行动，一切都要等着自己亲自处理，还有这么多人看着呢，自己一点面子都没有。

但又想想，也都是为了办案，没有什么面子不面子的，只要能找到外来物种，多一些方法何尝不可？自己想到这里，转身走向 7 号监舍门前。

"你们有没有人看见一只野蝙蝠啊？" 猫人刘的话刚说完，就听见一声"没有。"

"你怎么知道没有？" 7 号监舍里一个看起来不起眼的家伙脱口而出让猫人刘一时不知所措。

"可以打爆他的牙。明明可以看见东西，非要装瞎子。"蝙蝠群里又传来一个馊主意，这次是蝙蝠王"我想打爆你的牙，还有你们这群子孙们。你们可以试试在里面用右脑勺看 6 号监舍内发生的一切。我理解他们是看不见的，也更加确定你们就是一群蠢货。明明 6 号监舍的对面看得更加清楚，偏偏让我问 7 号监舍的人，你们说是不是应该打爆你们的牙。" 猫人刘示意蝙蝠王最好闭嘴。

看着这帮孙子就讨厌，还是我自己解决吧。猫人刘自言自语发着牢骚，返回 6 号监舍门外，"嗨，我说大怪！有没有野蝙蝠、不是嘴上说的，为了大家身体的健康着想，我想！请 6 号监室的弟兄们将你们身上的大褂全脱下来，一件一件地脱，直到剩下你们的下裤为止。这是命令。现在开始脱，开始吧！" 猫人刘在监室外监视着里面囚犯的举止，屋内的在押犯开始一件件地往下脱，只有大怪莫尼一人站在原地，脱衣服的动作变的明显比别人慢许多。一旁的克里正在为大怪怀里劳尔变成的蝙蝠担心着，如果一旦被猫人刘发现，很可能就地就变成猫人刘的晚餐。

　　为了掩饰猫人刘和那群蝙蝠的注意力，克里让自己脱衣服的动作比大怪还要慢，就好像没有要脱衣服的意思站在原地玩弄着衣角。其他人脱得只剩下内裤，大怪莫尼也脱掉了最外面的一层。

　　只有克里和大怪莫尼在拖延着时间，这时候，在押犯都将担心集中到了大怪莫尼和克里的身上，眼睛死死地盯着监舍外的猫人刘和一群蝙蝠，而监舍外的蝙蝠和猫人刘死死地盯着剩下的两个人。

　　"你们两个怎么不脱？是不是那只野蝙蝠就藏在你们两个人谁的身上？快脱吧。！" 大怪莫尼和克里的这点小心思一下就被猫人刘看了出来，猫人刘越来越肯定那只野蝙蝠就在监舍里。

　　"是你？还是你？"猫人刘指了指大怪莫尼，再指了指克里。

　　被点名的大怪莫尼和克里同时摇着头否认"不是我。"

　　"你猜会是谁？"这个时候猫人刘身后的蝙蝠群里一只小蝙蝠挥动着翅膀有些不耐烦的小声询问身边的另一只同伴。

　　"我看是那个个子高一点的。"另一只回答。

　　"不，我看是那个矮一点胖一点的。"主动问话的小蝙蝠坚持自己的主意。

　　"明明是高一点的。"

　　"我确定是矮一点胖一点的。"

　　"高一点的。"

　　"矮一点胖一点的。"

　　"高一点的。"

　　"矮一点胖一点的。"

　　"高一点的。"

　　"矮一点胖一点的。"

就在所有人集中精力看着监舍内的大怪莫尼和克里接下来谁先脱掉衣服时，蝙蝠群里传来了吵闹声，将刚才还集中在大怪莫尼和克里身上的视线转移到了两个吵架的蝙蝠身上。

大怪莫尼和克里见机会来了，忙让劳尔躲到地上的毯子里去。劳尔敏捷的动作并没有被发现就藏身到了暂时相对安全一些的地方。

"高一点的。"

"矮一点胖一点的。"

"高一点的。"

"矮一点胖一点的。"

"高一点的。"

"矮一点胖一点的。"

"高一点的。"

"矮一点胖一点的。"

两只蝙蝠吵架很起劲，全神贯注，一点没有感觉到此刻所有人都看着自己。而监舍内的大怪莫尼和克里也都脱掉了衣服站在原地证明自己的清白。

"你们吵架吵得很过瘾是吗？你们什么时候不能吵架？非要这个时候吵架？你们就不能安静一会吗？" 猫人刘最恨别人在自己聚精会神办案的时候开小差，狠狠地痛骂着不分场合无组织无纪律叽叽喳喳骂骂咧咧的两只蝙蝠.

"高一点的。"

"高你妹啊，没看见被人发现了吗？"其中一只蝙蝠察觉到了不对劲阻止着对方。

"啊哦。"同伙的提醒才让自己骂骂咧咧的嘴巴停止下来，眼睛无辜的看看左边，看看右边，想跑也跑不掉了，丢人丢到了家。

两只知道犯了错误的蝙蝠低下了头，一句话也没有再说。

平息了蝙蝠吵架的事件后，猫人刘和蝙蝠群们准备对大怪莫尼和克里的不配合不再客气时，谁知道眼前的两个人已经是全身光光，只剩下一条内裤站在原地。

"动作挺快的呀！" 猫人刘看到这一幕也就不再追究眼前的两个人，正当猫人刘转身要撤离的时候，突然被一声敏感的话拉住了脚步。

"他在那！"还是蝙蝠群发出的声音，听起来声音有点熟悉。

"在哪？"猫人刘看着刚才吵架的两只蝙蝠的其中一只。

"在地毯里。"。小蝙蝠靠近了猫人刘，翅膀指向监舍内里面上的毛毯。

"你看清楚了吗？不要再给我惹麻烦。" 猫人刘没声好气的看着小蝙蝠。

"我确定，它就在毯子里。" 猫人刘听完思考了一下，打开了监舍的门走了进去。他一边往里面走，一边用脚试探着毛毯里的举动，试图能够踩到那只蝙蝠群追踪的野蝙蝠，这样所有人都可以休息了，自己也可以休息了。

这时候，最为紧张的就是大怪莫尼和克里，刚才还以为躲过一劫的他们，手心掌紧张的开始出虚汗。

大怪莫尼死死地盯着地毯，盯着寻找劳尔的猫人刘。克里紧张地在想着办法，想着怎么帮劳尔摆脱眼前这个家伙的好办法，时间一分一秒的过着，猫人刘并没有放弃，继续寻找，劳尔只能听天由命地守在原地，他稍微动一下身子，可能就会被发现。

原本还想变得更小的物种让猫人刘找不到，劳尔怎么努力也好像变化不了，看来哈雷城堡能量已经让自己的魔法暂时失去了效力，能够做的就是逃跑。

劳尔想到这里打起精神想着办法逃跑，此时，猫人刘已经来到了眼前，再不跑就要被当场抓住了。劳尔想到这里吓得一身冷汗，说时迟那时快抬起身子从毛毯钻了出来，但不巧的是正好被猫人刘敏锐的眼睛发现。

"站住，看你往哪里跑。" 猫人刘眼睛发现劳尔的那一刻，一只脚已经踩到了劳尔的翅膀上。

这一下子可急坏了大怪莫尼和克里，其他人也为眼前这个见义勇为的小家伙担心着。

"这可怎么办？"大怪莫尼见眼前一幕，忙想着对策，心里嘀咕着万一表哥劳尔出点啥事，自己可怎么交代啊，怎么向姨妈姨夫交代？怎么向魔法学校交代？怎么向好朋友交代？大怪莫尼越想越心急，越急越想不出办法。

一旁的克里吓得下巴都好像要掉下来，一时间也不知如何是好，只好用急切的眼神求助着大怪莫尼，看看他是否有办法。如果大怪莫尼都不能救劳尔，最后实在不行就和猫人刘拼了。这是现在克里想到最多的，也是大怪莫尼最不愿意让他发生的。

就在猫人刘弯腰去捡起劳尔的一刻，劳尔一口就咬住了猫人刘的手，疼得猫人刘嗷嗷直叫，这时候外面的蝙蝠群开始骚动了，终于等到了机会可以抓到这个野蝙蝠了。

但万事都有不可预测性，这不，还没有来得及庆祝，好事就变成了悲剧。就在猫人刘疼痛地大叫一声放手的时候，劳尔不见了，劳尔像是惊弓之鸟"嗖"地一下窜了出去。

这边，大怪莫尼和克里见劳尔逃跑，两个人高兴地紧紧拥抱在一起，心里面替劳尔高兴着，对他们两个来说，这是一个胜利的拥抱，一个值得为劳尔庆祝的拥抱，但每个人心里都明白，想要彻底的摆脱这里，还需要一些时间。

那边，猫人刘先是拨出腰间配备的武器，瞄准了劳尔逃跑的方向并进行了连续的射击，子弹穿过墙壁溅起的火花和灰尘在劳尔变成的蝙蝠的身体上肆意翻滚着，没有被击中的劳尔继续逃跑。

猫人刘无望地看着劳尔逃跑的方向，从停下手的那刻起，被咬伤的手指已经开始变紫发黑，无比的肿大很吓人，疼得猫人刘夹着猫尾巴跑了出去，疼痛声随着他的远去也渐渐地变轻变得无声了，但所有人都清楚，被蝙蝠咬伤，那可是致命的。

蝙蝠群那边正在上演追逐大戏，双方围着这个偌大的圈不停地转着，一会极速前进，一会俯冲向上，就是追不上劳尔。

这样追下去，每个蝙蝠可都吃不消，呕吐的呕吐，晕厥的晕厥，但蝙蝠王可没有丝毫要放弃的意思，带着体格健壮一些的蝙蝠紧追不舍。

"开炮。"

蝙蝠王一声令下，从蝙蝠群中间射出的火把箭一般的冲向劳尔，劳尔见形势不妙，不停地让自己翻滚着，躲闪着。

这种情急之下，劳尔知道自己随时有丢掉生命的危险，他深深地意识到自己的处境，环境对自己很陌生，前方也已经无路可逃，突然前方出现一个大瀑布，山水环绕，丛林林立，眼看绝处逢生的时候，劳尔还没有笑出来，一头撞到了一面偌大的镜子上,狠狠地栽了一个跟头。

"原来是一面镜子！"劳尔真是气不打一处来，眼看就要出去了，原来是个障眼法，也不怪自己，面前这面镜子上的活体也太逼真了。

蝙蝠王这个时候也冲了过了，劳尔急忙拾起疲惫的身体躲闪，要是真的被抓住了，不知道要多悲惨，想到这里劳尔就火速低头压低身子垂直钻进了一个缝隙很小的洞口内，逃过了蝙蝠王的追击，所有的一切才平静下来。

大怪莫尼和克里悬着的心怎么也平静不下来，他们不清楚劳尔现在的死活，只是在心里默默地为劳尔祈祷着，希望他能够顺利逃跑，可是面对蝙蝠群的追击和警官的围堵，他会不会幸运地逃脱并相安无事呢？大怪莫尼和克里都在心里想着，惦念着，希望他一切都能够平平安安。

没人能够想到劳尔的幸运，它被排水沟的臭水冲出了哈雷城堡外、一个河沿边的草垛上庆幸着自己还能够活下来，对于此刻的他来说，没有什么比尽快回到魔法学校更重要了。

罗丽丝教授手捧一张报纸推开了史迪文校长办公室的房门，给他带来一个利好的消息。

这是魔法学校每一个人每一天都在期盼的。

"史迪文校长，我想告诉你一个特大的好消息，大怪莫尼和克里就快要获得自由了，为了能够向您证实这是个事实，我将今天最新的报纸带了过来，你看这张报纸的头版头条。

上面是这样写道：'连续两次遭到毒手的大提琴海保险公司的工作人员，杀害他们的真凶已经浮出水面。'报纸上还说，为了不打草惊蛇，猫人斗士们一直默默地在做着调查。希望这个家伙能够好自为之。"罗丽丝教授将展开的报纸放在史迪文校长的面前，一边说一边用手指着那几行关键字。

报纸里闪现着很多场景，史迪文校长看得很认真，他将目光停在了报纸的一角，看了一眼罗丽丝教授，慢慢道来，"我坚信我们魔法学院是清白的，所以一直以来都给安保局时间彻查真相，也该给我们一个答复了，不然会有损我们魔法学校的声誉。"

"是的，校长！"罗丽丝背着手礼貌地回应着。

"先喝杯咖啡，罗丽丝教授。"校长的话音刚落，只见桌面上两只装满咖啡的杯子飞到了校长和教授的手里。

"味道棒极了。"罗丽丝教授拍着校长的马屁，表情上其实根本就不想喝。

"谢谢！这是我一直喜欢的味道，从来没有变过，如果你喜欢，给你换个大杯的。"校长话还没有说完，罗丽丝教授抢过话说："不、不、不、我想喝多了咖啡晚上睡眠是个大问题。"

"OK，既然你不喜欢喝我就不勉强你。但它已经没有存在的意义了！"校长说完丢了手中的报纸，报纸燃烧后将自己清理的很干净丢进垃圾桶。

"咚、咚、咚。"此时，办公室的房门被人敲响。

"你好，史迪文校长，在吗？"屋外传来熟悉的声音。

"请进，是马丽娜对吗？"

"是的，校长，是我"。马丽娜推开门小心翼翼地关上。

"您好！校长先生！罗丽丝教授也在这里。"马丽娜进屋后发现罗丽丝教授就站在校长一旁，便礼貌地向罗丽丝打个招呼。

"是的，我和校长先生正在讨论大怪莫尼和克里的事情"。罗丽丝教授拉了一把椅子坐下，翘起了大腿。

"那太好了，我也是为这个事情来的，但现在更重要的是劳尔。劳尔他受伤了，他变成的蝙蝠还原不回来了，所以想请史迪文校长帮忙。"马丽娜说完，情绪有些低落，看了看校长，看了看罗丽丝教授。

"这是怎么回事？"史迪文上前一步来到了马丽娜身边。

"你看，校长。"马丽娜边说边从衣服的口袋里拿出一只蝙蝠捧在手心里。

校长见马丽娜手里捧着奄奄一息的蝙蝠，急忙用手抚摸着眼前这个受伤很重的学生劳尔，罗丽丝教授见状，也一下子从椅子上站起来来到了两人身边。

"这是怎么回事？劳尔怎么变成了蝙蝠？还伤得这么严重？你们在搞什么鬼把戏？"罗丽丝教授看到劳尔的一刻，一连问了马丽娜四个为什么，罗丽丝教授看着学生现在的样子，心疼的表情里带着复杂的味道，因为他怎么也没有想到，自己的学生会隐瞒自己去做一些看似疯狂的事情。

"都是我不好，为了想尽快救出大怪莫尼和克里，我们才悄悄地实施了这个现在看起来有些愚蠢的行动计划，对不起。但是现在我只想让劳尔快醒过来，我愿意接受魔法学校的校规和惩罚。"马丽娜非常自责自己的行为，没想到这次计划给劳尔带来这么大的痛苦，一直摇着头在责怪自己。

"孩子，你没有做错！你做得很对，为了自己的朋友，勇于承担责任这本身就是伟大的。在我看来，你们的决定一点都不愚蠢，反而应验了我们魔法学校的校规第七条，一切的出发点始于勇敢，只要和正义同在，一切力量都会显得非常渺小。"校长一边点化着自己的学生，一边用魔法苏醒了刚刚还奄奄一息的蝙蝠。

"劳尔醒来了，谢谢校长先生，只是他的头。"马丽娜第一个欢呼着劳尔的苏醒，激动地差点忘乎所以，然后站在原地看着校长手中的蝙蝠发生着神奇的变化，这一神奇的时刻，马丽娜没有舍得让自己眨半点眼睛。

魔法的力量是神奇而伟大的，劳尔在校长的帮助下也慢慢恢复了原来的样子，只是在从蝙蝠变成人的这个过程中一下子没有恢复好，站在原地的劳尔还是人身蝙蝠头。但这些已经不重要了，重要的是他活过来了，而且正在慢慢恢复元气，就一会儿工夫，劳尔恢复了原貌，连自己都不相信这是事实，激动地半天说不出话来。

罗丽丝教授也已经没有刚才那么生气，在他眼里，魔法学校的学生都是正能量的化身，即便是一时冲动，目的也一定是好的。他想到这里，不但已经完全清楚了真相，也让自己重新发现了这几个孩子身上的能量和优点，心里默默地为孩子的所作所为感动着，满脸都是欣慰的笑容。

中午的时间，罗伯特睡不着，他见大怪莫尼也没有睡意、两个人都靠着床头彼此在想着什么。

罗伯特心里想大怪莫尼反正也睡不着，干脆就和他聊聊天，躺着发呆有啥意思？于是罗伯特就拉着大怪莫尼一起聊了起来，啥都说。"莫尼！你在想什么？我一直看了你好久，你好像有心事？可以聊聊，我也睡不着。大中午的，非要搞个午休时间，让我这精力充沛的人可真是煎熬，你呢？"

"我在想那只蝙蝠！"大怪莫尼侧脸看着罗伯特，一脸的担心。

"你在说那只蝙蝠？那只有幸逃跑的蝙蝠？那只蝙蝠跟你是什么关系？你为了它差点被猫人刘教训一番，你能说出你和那只蝙蝠的关系吗？"罗伯特听见大怪莫尼想着一个蝙蝠不能入眠，好奇地抬起了身子，希望了解更多一些。

"看得出来你很好奇？" 大怪莫尼心里烦着他呢，至少他的好奇心让大怪莫尼有些烦恼。

"是的，我很想知道答案。"罗伯特回答的很干脆，倒是一点不拖泥带水。

大怪莫尼听完罗伯特的话，看着罗伯特一脸认真的样子，心里盘算着要不要说出来。毕竟这是自己和表哥的事情。

"你可以不说，我也不勉强你大怪莫尼，我当你是朋友，只是想和你一起分担你的不快乐和快乐。"罗伯特这番话一出口，本来还犹豫要不要说的大怪莫尼一下子也放松了警惕性。

"那好吧！我就告诉你吧！但你要替我保密。" 大怪这时提起十指合并放在嘴边，眼睛看着眼前这个愿意去相信的人。

"没问题，我答应你，一定替你保密。说吧！我真的很想知道，因为那只蝙蝠让我觉得你们之间有一种说不清楚的亲近。是！是这样的！至少我是这样的感觉。"罗伯特皱着眉头，表达着内心所想，心直口快也不见得不好。

"好的，朋友，其实是这样的！其实那只蝙蝠是我的……是我的……我的表哥。"大怪莫尼还是吞吞吐吐说了出来。自己倒还好，旁边的罗伯特有些坐不住了，瞪着的大眼睛已经快贴近床下的地面。

"什么？天啊！蝙蝠？你表哥？"罗伯特听得是一头雾水，有点丈二和尚摸不着头脑，只是呆呆地看着莫尼。

"可以说的再清楚一些吗？"罗伯特追问着。

"蝙蝠是我表哥劳尔，我姨妈家的孩子，我们从小一起长大，小时候到现在我们几乎没有分开过，我们一起吃饭、一起睡觉、一起在魔法学校上课。但自从我被关在这里，我们彼此就失去了消息，但我每天都很想念他，没想到他来救我，让我很惊讶。没错，这就是我和那只蝙蝠之间的故事。"大怪莫尼一边说着一边看着窗外的远处，心情怎么也好不起来。

罗伯特听完大怪莫尼所讲，这才明白了全部，看着大怪莫尼有点情绪低落，他有点责怪自己。

"哦，天哪，简直太美妙了。"罗伯特没有意识到自己和莫尼的对话，吵到了其他正在休息的人。

"嗨，你在搞什么鬼罗伯特？还让不让我们睡觉了？"佐格被吵醒，坐起来指责着就在不远处说话的罗伯特。

"噢，对不起，我想刚才我做了一个噩梦。我是被噩梦给吓到了才发出了声音，睡觉吧！很抱歉！"罗伯特双手合掌放在鼻尖，表示自己的歉意。

佐格本来想发火的，但是看罗伯特很抱歉的样子，自己也就没有继续追究，只是一脸的不满意，接着倒头又睡了过去。其他几个人也被吵醒，但都没有像佐格那样激动，有的人趁机去上洗手间，有的人干脆也就不睡觉躺在床上翻看着书本。克里睡在莫尼的旁边，这时候也醒了，但他醒来后，莫尼和罗伯特的谈话已经告一段落，莫尼见克里站起来冲他笑了笑，罗伯特也用同样的神情回复着克里，三个人都笑了，房间里洒进一缕缕温暖的阳光。

第十一章　　不能说的秘密

新的一天工作刚刚开始，所有的单位都在忙碌着，安保局也是一样。巴克局长办公室的电话铃声急促地响起，接电话的是一位年轻漂亮的小姐，她没有听几句就将电话转给巴克局长，看来有要紧的事情等着巴克局长。

"是巴克局长吗？"电话那头传来粗犷的语气。

"是的，你是哪位？"巴克局长问。

"是你的上司，安保指挥中心。我们已经开会研究过你们汇报的抓捕那个透明人的书面申请，写的非常好，简单明了，通俗易懂。我们联邦调查局已经开过会议研究过这个案子，现在决定，在适当的时机，可以对透明人进行抓捕。但是，记得一定不能伤害到无辜的老百姓。如再有情况，立即向上级汇报。好了，再见。"电话那头说完，就挂断了电话。

巴克局长放下电话后，感觉事情比较棘手，忙找来了猫人甲和猫人乙。

先到巴克局长办公室的是猫人甲。

"巴克局长，您找我？"　猫人甲给巴克局长敬了一个礼，巴克局长也做了一个回礼，就和猫人甲探讨起这个让人棘手的案子。

"是的，我命令你去调查那个透明人的情况，地点是大东方购物公园。记得千万不要打草惊蛇，好好查查他的底子，回来后，立即向我汇报。"

巴克局长下达完命令，就送猫人甲出了房门，一边叮嘱着下属，一边可能发生的事情更细致地再推敲了一遍，希望做到万无一失。两个人的脚步有些急促，刚下到一楼的大厅处就遇到了赶来的猫人乙。

"你们——"

"我们已经商量完了几件大案件如何处理。""我是想说你们都在这里！嗨"。猫人乙像巴克局长身边的猫人甲

挥了挥手打了一个招呼。猫人甲也相应的回复着自己，但马上走走开了。

"他看上去很着急的样子！" 猫人乙看着猫人甲快步离开，不解地说着自己的感受。

"好了，不要去管别人了，在这里每个人每天都很忙，如果你继续用这样不理解的眼神看着猫人甲离去，我想是时候要给你多安排一些任务了。"猫人乙的目光一直送猫人甲远去，还是巴克局长接下来的话拉回了猫人乙的注意力。

"不不不，不是这样的局长先生，我的确也很忙，只是他刚才走路走得很快，很想学习一下他的新步伐，一定很不错。"猫人乙辩解着，能在局长面前蒙混过关就是最好了，自己可不想给自己找麻烦。

"那就请到我的办公室，我有要事要吩咐给你去完成。"巴克局长边说，边用手拦住猫人乙走向了自己的办公室。

门随即被重重地关上，窗帘和一切可能泄漏风声的东西全部自动关闭，就连开着盖子的茶壶也悄悄地蒙上了自己的眼睛，灯光害羞地变得更暗了一些。

"巴克局长，你现在怎么变得这样小气？"猫人乙看着房间的灯暗了下来，暗示巴克局长电费也要想办法省钱。

"啪"，巴克局长打了一个手势，刚才还害羞的灯泡突然让自己亮很多，灯闪得让一旁发着牢骚的猫人乙措手不及。

"我可不是小气，只是他们比你更会眼色行事而已。"巴克局长环顾

四周，目光落在猫人乙的身上，这时候手指已经放在了猫人乙的左胸口。

"好吧，局长的确有一手。"猫人乙赞叹着刚刚发生的一切。

"不需要拍我的马屁了，有更重要的事情要和你说。听好了，安保指挥中心已经打来了电话，同意对那个嫌疑犯实施抓捕。"

"但是，听好了，他是个特殊的家伙，必须要制定严格的抓捕方案，不能有半点的漏洞和失误。一旦抓捕行动展开，必须将那个透明人抓捕归案。不得有丝毫的差错，我觉得你是最好的人选，可不能让我失望。"

巴克局长一脸严肃地说给猫人乙听，表情里传给猫人乙的满满都是希望。

"噢噢！这听起来的确是个好主意，但是巴克局长我应该不是最好的人选吧，或者有其他同事可以替代我做这件事情。"猫人乙天生惜命，生怕交给自己的任务完不成，还搭上自己的性命，极力和局长讨价还价。

"至少现在你很合适。听好了，这是命令，不得反抗。"

听完局长的话，好像真的没有丝毫商量的余地，猫人乙也就打消了继续商讨换人的想法，收拾了一下脸，笑着对局长说："太好了，刚才只是和您开了一个玩笑。这是一个大好的消息，终于得到安保指挥中心的批示，很好，我已经等这个案子很久了，我一定是这个案件的最佳人选，计划抓捕方案我是行家。放心吧，巴克局长，我起草一份抓捕方案，马上给您送过来。"

猫人乙说完话就匆匆地带上了局长的房门，灰溜溜地走开了。

"好，不过我得提醒你，在方案没有完成之前，抓捕透明人的半点消息都不可泄露。否则的话，我让你好看！这次可不是玩过家家，你必须将这份任务完成好，必须。"巴克局长说完转身后才发现猫人乙已经不见了。

"混蛋，他总是喜欢听一半话就溜走，这可不是一个好习惯。"

巴克局长生气地拉着臭脸回到了自己的椅子上，脚刚搭在桌子上点起一颗香烟，好让自己能够放松一下就听到一阵敲门声响起，巴克局长将目光盯在敲打声急促的房门上，连忙收回了翘起的二郎腿。

"请进！"巴克局长心里琢磨着敲门的人会是谁，房门被轻轻地推开，猫人丙背着手拿一份文件走了进来，轻轻地带上了房门，站在了巴克局长的面前，眼睛向身旁死死盯着自己的鹦鹉瞥了一眼。

"你好，局长先生。"

"你好！"两个人互致问候。

"我是来向你汇报，有关大怪莫尼和克里在押到期的事。按照关押的规定，凡是超过四十七天案件还未能侦破，又不能证明是当事人所作所为，那我们必须在明天放人，巴克局长！"猫人丙一边说，一边翻阅着手里的资料给巴克局长看着。

"我想……他们的嫌疑越来越小，是因为真正的凶手已经出现在我们的视线了，按照宪法行事，明天放人。"心里早有盘算的巴克局长二话没说了解了此事。

"字签在这吧，局长先生！这么看来他俩的确是无辜的，我早就做过断定，他们不像是坏人。"猫人丙捧着释放单让巴克局长签了字，自己的心情比即将释放的大怪莫尼和克里还激动。

"在这里我想说的是，对他们的无辜关押，表示非常歉意。麻烦你转告他们，一切都会好起来的，忘记在这里待过的四十七天，每个人都会有被误会的时候，其实我们也不想这样做。但是事情的发展不是我一个人能控制的，我们必须按照宪法来做事，当然有可能会涉及无辜。他们两个就是被误会的人，希望能够得到他们的原谅。我在这里保证，当抓到真正的凶手后，会给魔法学校一个交代，会给他俩一个交代。去吧！把我所说的，都带给他们两个人，真是可爱的孩子。"巴克局长意味深长地表达着自己对两个孩子的歉意。

"我一定将您所说的转告到，我想他们，会因为得到自由而兴奋的活蹦乱跳，这正是我所想看到的。希望更多关押在哈雷城堡的在押犯，早一天获得自由。人生最大的痛苦，莫过于失去自由。希望世界和平。好了，我不啰嗦了，再见局长先生！"

猫人丙见局长没有响应他的话，只是看着窗外的风景。于是，收回话，匆匆做了道别，转身离开了办公室。留下来的，是陷入沉思的巴克局长还有巴克局长办公室养的一只智商很高的鹦鹉。

谁也不知道此时此刻巴克局长在想什么。或许永远都只有他自己知道。但在人性面前，孩子是最不应该受到委屈的，何况他们经历了不是这个年龄阶段应该经历的事情。

接下来，巴克局长将全部心思都放在了抓捕透明人的案子上，或许只有这么尽力去做了，自己的良心才可以更加安慰一些。

猫人甲带着队伍骑着飞行器平稳地落在了大东方购物公园的楼顶，这里看上去视野相当的宽广，就在这美丽风景之下，接下来的行动隐藏着太多的未知。

猫人甲只是短暂地思考了一下，便从飞行器上跳了下来，划旋浆带的风，吹得他的衣角四处飘荡，他让自己的身子尽量下浮一些，好让整个人看起来更加平稳，也好安抚那出门修理整齐有型的发型不被打扰。

猫人甲手拿一条黄色的绳索，随手丢了出去，绳索的钩子勾在了拐角的水泥支架上，身子扶在墙的边缘，让自己跳了下来，绳索像是很听话地按照猫人甲的思维上下拉动着他悬在高空中的侦察作业。

猫人甲手拿红外线高强度望远镜，透过墙皮和玻璃扫描着透明人的踪迹。由于购物公园内的人如潮水般多，所以目标一时难以锁定。即使有红色警报声响的提醒，但那一瞬间的消失，只能说明透明人偶尔被锁定在红外线的范围内。稍有移动，立即又得重新搜索。

这是一个特别艰辛的任务，但在猫人甲看来，这是本职工作，自己必须无条件把它做好，并且完成出色。

就在猫人甲还在为一时找不到目标着急时，红色预警信号和声响的提示，已经在告诉他，透明人已被锁定在范围之内。

锁定目标后，猫人甲调节着望远镜的距离，使自己更加清楚地认定那个西装革履的帅小子就是杀人魔王，就是传说中的透明人。

"真是个帅小伙！"猫人甲在认定是透明人时，不忘夸赞他的原有模样，猫人甲以为是幻觉，眼睛离开了望远镜就几秒钟，怎么也不相信眼前看到的这个人就是杀人狂魔，当他再次确定的时候，帅小伙已经不在视线内了。

"该死，糟糕！"猫人甲埋怨自己的大意，这种情况下，可千万不能丢了目标。

猫人甲越想越着急，手握望远镜四处寻找丢失的目标，不远处的一座大厦进入了他的眼帘。

手里握住的望远镜滴滴滴发着响声，凭借多年的经验，猫人甲确定那座大厦一定有情况。猫人甲凭着记忆，找到了远处的大厦，二楼的电梯口处，是一家卖吸尘器的柜台，一个女孩子微笑地看着自己。

猫人甲为了打探透明人的底子，整了整衣角，让自己微笑着走了过去，看上去很绅士的样子。

"你好，小姐，请问这里都有些什么牌子的吸尘器，我指的是那种比较大牌子的，只有贵族才能买得起的牌子，或者说需要花很多钱才可以买到。"美女看着眼前这位有些不自然的猫人甲，笑了笑说："当然，很乐意为您服务，您看上去就是事业有成的男人。既然是有身份的人物，那我当然得介绍大腕级的产品给你。我们这里有来自全世界的顶级产品，在这里只有大牌子，没有杂牌子。比如说，销量最好的，也是消费者最满意的，就是来自中国的'妙琪曼'。它就像是服装的大品牌'龙圣'一样全世界家喻户晓。对，它算得上是大牌子，出自豪门，身价也是相当的惊人，一台吸尘器的价格差不多换一台最新款式的跑车。当初，我还担心卖不出去，可事实告诉我们，不但销售得很好，而且还是抢手货。怎么样？是不是打算买一台回家为你的家人服务。"美女说完，征求的眼神贴着猫人甲的眼神上。

猫人甲故作认真地轻轻点了几下头，心里在想：这可是我工资的几百倍，做有钱人真好，努力吧，小伙。

"你在想什么？是不是嫌太贵了，没关系，我可以向你介绍其他的款式，这一款比较便宜。"美女走向了一边，介绍着眼前的电器，光从外观上看上去就明显不如刚才介绍的好。

"啊——不用了，是这样的，我几天前来过，当时有一个男的在为我服务。我们说好了，今天来拿货，订金我都交了。"猫人甲想着办法套那个透明人的情况，小姐看了一下订单，又一想那个小子交班也没告诉自己，便有些生气的说："他可真是大尾巴狼，下了订单也不说一声，这样是在影响我的生意。混蛋，要不是看他长得高大帅气，我早就让他走了，还能让他留到今天，可真是气死我了。"猫人甲见美女发了脾气，没想到自己蒙对了，见机会成熟，赶忙趁热打铁上前去问，"你在说谁？谁让你发这么大的火？是那个男的吗？他是你什么人？"猫人甲紧追不舍，看似轻松地聊着天，其实已经搜集了透明人很多情报。

心无戒备的美女趁着一肚子火统统讲了一遍透明人的情况。

"是在这为我打工的利达，他是一个自由职业者，没有固定的工作，是我收留了他。当时我是出于好心才留他为我打工，我每个月都给他开不少的工资。没想到，他总是惹我生气。我有好多次生气时都想赶他走，可是……可是他太有魅力了，男人那种不可抗拒的魅力。他的一举一动，我敢打赌，你是女人，也一定会被他的外表和言谈举止所迷惑的。但我这次真的生气了，这么重要的事都给忘了，等他明天来，我就让他滚蛋，能走多远走多远，我再也不想见到他了。"美女老板说完依然很生气的样子。

"他去哪了？你真的要开除他吗？"猫人甲开始为自己的谎话担心，因为她看上去不像是在开玩笑，如果把那个小子开除了，线索不就没有了吗？

"他下班了，自由了，哪都去。但是他唯一的优点就是上班不迟到。基于这一点，我又不想开除他了。毕竟已经跟了我有半年时间了，我是看着他一天天长大的。"美女老板说到这里得意地冲着猫人甲笑了笑。

"那他平时喜欢和人接触吗？我是指他的性格，是什么样一个人？"猫人甲随口问着，美女也好像并没有在意眼前这个男人的来意，继续回答他。"他平时是一个很会开玩笑的人，愿意和别人接触。见到漂亮的女孩，总是喜欢打口哨。还会主动约人家吃饭。但是，他从来没有考虑过自己的婚事，提都没提过。即使有了女朋友，最多也只能维持七八天的样子。对，是这样的，这一点我始终不明白，如今能这样坚守贞操的人很少有。你呢？你属于哪一种？"美女说到心血来潮时，故抬眉眼挑逗身边的这位帅哥。

"不，我也不会。别提我，还是说他吧！我现在最关心的人是他——利达！"猫人甲说完，眼神里透漏着无数的坚定。

"利达？你是同性恋？你现在只关注他？"美女老板看着眼前的这个

男人，想着利达的男儿身，不解地问，也算是一种随便的猜测。

"噢——，你可能误会了我们之间的关系，我不认识他，我只是对他的背景感兴趣，对他的身体不感兴趣。我是来想多了解了解为你打工的年轻人。对，是这样的。我认为他是一个非常危险的人物。"猫人甲见机成熟，便说出来事情的真相。

"危险人物？你是在说利达！"美女疑惑地看了一眼猫人甲，但并没有很在意他说的话。

"你不会是搞错了吧？他从来没有伤害过我，也没有伤害这里的任何人。你为什么说他是危险人物？对了，你是谁？你怎么会问我这么多，你又为何要告诉我这些？你是来挑拨我们的关系的，你不怀好意？"美女似乎发现不对劲，眼前的这个家伙到底想要干嘛？ 但又说不上来他究竟哪里不对劲，刚要回店里忙生意，被猫人甲叫住了。

"嗨嗨，实话告诉你吧！我是保安局派来的侦察员，我现在很负责任地告诉你，你其实每天都在跟一个杀人狂待在一起。你的处境和大厦的处境一样危险。他是一个透明人，他会变样的，他会杀人，有人亲眼看到的。大提琴海保险公司的工作人员两次遇害都是他所为，还有前几天报纸上登的那个的士司机和乘客，都是被你的那个帅哥员工所杀的。已经有人报警，经过我们不分昼夜的调查，事情的真相一天天在暴露。现在，唯一能够帮上我们的，是你。只有你，我们才能抓到利达。让更多无辜的老百姓不要再受到伤害，包括你在内。

"我？"美女老板用手指着自己反问，心里开始嘀嘀咕咕起来。

"杀人犯？"

"大提琴海保险和的士乘客被杀？"

"他真的杀了很多人？他真的也会杀了我？"

"当然，当然有你！"猫人甲重复说着，希望能够引起她的重视。

"不可能，我看你是不是喝多了。你快走吧！我越听越糊涂。现在我才明白过来，原来我一直在跟一个疯子说话。你根本就不是什么客户，你是个疯子，你的脑袋一定是有问题。快走吧！离这远一些，你会影响到我做生意。你要再不走，我就打电话叫救援。你是不是不信，好的，我马上就打给你看。快走、快走。"美女老板有些不耐烦，赶着眼前的猫人甲，不想再听他胡说八道。

猫人甲见她果真掏出手机有些冲动，怕因此而打草惊蛇，所以点着头，轻轻地后退，一步一步地离开了现场。

当猫人甲走开了，美女老板这才让自己平静下来。她望着离去的那个男人，在想，不可能，这绝不可能。然后就半信半疑地瘫坐在了椅子上，离奇的事情在不让自己相信的时候，那一刻，却牢牢地把它记在了心上。

哈雷城堡的二楼走廊，传来急促又坚定的男人沉重的脚步声，手中拿着一张看似很重要的纸张，昂首阔步来到了哈雷城堡石门前，猫人刘和冰火骷髅人护卫等候多时，见拉赫曼来到，忙上前赔着笑脸迎接。

"尊敬的拉赫曼长官，我已经在这里等候你多时了。但是，你始终都没有透露你来要做什么？我想，你手中拿的那张纸条，也许，能让我猜出三分真相来。是不是有人要被释放了！我的推测对吗？我希望得到你的认可，——拉赫曼长官！"猫人刘说着，背着手轻轻地低下头以示对对方的敬重。

"是的，看来你是一个有经验的监狱安保员。你的聪明和才智，我会传达给监狱长的。这样的话，你很快就不用待在这里每天和这些囚犯在一起了，你将被调任到其他的工作岗位，请相信我说话的分量。"拉赫曼微笑着看着眼前的年轻警官，眼神里透出一股强烈的自信。

"谢谢您的赏识，谢谢！"猫人刘看着眼前的拉赫曼，并没有过多地去相信他给自己的承诺，只是把今天的交流当成玩笑话。

"是几号囚犯？是一个，还是更多？"猫人刘放低了声音询问着拉赫曼，生怕惹毛了眼前这个出了名的怪家伙。

"是两个！1608 号和——我来看看，和 1605 号。是的！安保指挥中心撤销对他们的起诉，理由是：在 1608 号、1605 号被关押的四十七天刑期内，没有证据证明被告有犯罪行为，无条件放人。"拉赫曼念完，抬眼冷冰冰地看着猫人刘。

"你是说大怪莫尼和克里？"猫人刘有些惊讶地瞪大了眼珠子，好像在告诉拉赫曼，你可能搞错了。

"没什么不可能的，你瞧。这个数字是 1608，后面的这个数字是 1605。就算我刚才粗心大意，读错了数字。那你该不会在认错了吧！为什么提到 1608、1605 号，你就像是换了个人似的。怎么？你们之间有亲属关系吗？舍不得他们两个被放了吗？如果真是这样的话，你应该高兴才对，谁不希望自己的亲属早一天获得重生的自由。但你的表情告诉我，你有些舍不得他俩。"拉赫曼说到这里，用一种怀疑的眼神盯着眼前的猫人刘。心里想，难道 1608、1605 手里有猫人刘的把柄，猫人刘怕出去遭到报复？

拉赫曼还要想下去的时候，猫人刘支吾地张口说，"不，拉赫曼长官，我没有其他的意思，我只是没有想到，他俩会走得这么快。至少在抓到真凶时，才能放掉他们。"猫人刘说着，不时地让自己点着头，心里想，你手中有释放票，我又能怎样？

"监号里怎么空空的？"拉赫曼探头在监舍里找不到身影和听不到声音。

"噢，他们去打水球了，在地下室的水牢里。"猫人刘接过话说。

"那也要现在放人，我想要去看看，想必一定很精彩。然后，可以带他们一起出来。猫人刘，我的这个主意怎么样？"拉赫曼抬着眼眉，征求猫人刘的意思，也算给下属一个面子。

"当然，您是我的上司，一切要听您的！" 猫人刘在前面带着路，骷髅人跟随在身后，拉赫曼被保护在中间。

他们很快就来到了一个方形的石板前站住了脚。

猫人刘用熟练的动作打着口哨，紧接着，一张巨型的蝙蝠形成，并张开了偌大的翅膀在不停的拍打，待四个人从台阶走下去的时候，蝙蝠收紧了翅膀，石板又重新的合住，紧紧地贴在地缝上合二为一。

这个机关看上去很难被发现。

"他们看上去都很优秀！"拉赫曼在和猫人刘说着话，眼前就是打水球的场面。

"是的，尤其是大怪莫尼和克里，他们两个人的表现很出色，我也相信，他们不是坏人。这一点，我是发自内心说出来的。"

猫人刘在介绍这群队伍时，肯定着眼前的大怪莫尼和克里，心里其实有一百个不愿意相信这是事实，因为在他看来，他们两个就是罪犯。

拉赫曼听完，重重地点了点头，并没有要去马上打断他们比赛的意思，而是选择了在一边静静地观看。

"嗨，克里，把球丢过来。"大怪莫尼捡了一个好的位置停下来，示意克里可以传球了。

"接着，莫尼。"克里的话刚说完，球已经到了大怪莫尼的怀里。接下来冲出人墙才是最难的。

大怪莫尼手里捧着球，他要把球丢进石龙张开的嘴巴里就得一分。

但这哪里那么容易，一边 6 个球员，对方有四个守着自己，莫尼看起来一点投球的机会都没有。克里分散着对方球队的注意力，大喊一声球丢过来，大怪莫尼随即一个假丢球动作，骗得对方球员纷纷游向克里的方向，莫尼靠着和克里的亲密配合为自己的球队赢得了宝贵的一分。

大屏幕上，大怪莫尼这边的球队暂时领先对方 1 分，比赛结束的时间不多了，要想赢得这场比赛，大怪莫尼这边的红队至少要再投进去两个球才可以。

蓝队也不示弱，罗伯特打得漂亮，一个后转身闪开了红队很多人，赢得了关键的一球。这个时候双方打成了平分，都是 32 比 32 。

关键的一球了，双方队形严守对方，莫尼第一个丢出球，克里接过球往石龙的方向游去，前方被守得很死，克里见前方已经没有路，后退了几步，克里打着手势让球队后撤从两边进攻。

大怪莫尼顺着左边第一个冲了出去，蓝方的人围到了左边包抄莫尼，右边也被包抄了，接下来的局面就好对付一些了，面对只有 2 个人挡在自己的前方，克里提了提精气神左右摇摆着身体冲向前去，就在克里快要接近投球区的时候，克里的手里的球被蓝方抢了过去，红方所有人都惊出了一身冷汗，在他们看来，这可是最关键的一分啊。

所有人没有因此而乱了方阵，大怪莫尼用手势鼓励着大家，每一个红方的人都在鼓励着自己，最后再拼搏一把。

罗伯特拿着球在自己队伍的掩护下靠近了石龙，他做好了投球的准备，红方的人也不是吃干饭的，呼呼啦啦的涌上前来。罗伯特一看再不投球没机会了，就把手中的球丢了出去，这时候每个人的心都提到了嗓子眼，所有人的目光都盯在正在上空盘旋的球身上，"砰"的一声，当所有人以为球进洞了的时候，球跑偏了反弹了出去。所有人开始抢球，裁判也吹哨子警告还有 1 分钟时间球赛结束，克里奋力抓住了球，给大怪莫尼使了一个眼色，大怪莫尼明白了克里的意思，拨开人群游向了每人注意的区域，克里和队员相互传着球，克里再找机会把球传给莫尼，这一次成功了，球很顺利地传到了大怪莫尼的手里，大怪莫尼没有给对方任何机会，就在裁判哨子吹响的时刻球进了石龙的口中。顿时，现场的欢呼声和悲观声交织在一起，红方的庆祝随即而来，大怪莫尼被队员高高地举起，欢笑着，庆祝着。就在这时，大怪莫尼发现了站在高处的猫人刘和拉赫曼长官，他不清楚两位安保员什么时候到来的，更不清楚他们为什么会来水牢看他们打比赛，只是觉得有事情要发生。

"快放我下来，有人在上面一直盯着我们。"

大怪莫尼的话让所有的庆祝停止下来，所有人抬头看着上面，没有人知道接下来要发生什么，只是静静地守候接下来要发生的事情。

"祝贺你大怪莫尼，祝贺你们红队取得胜利，这一刻是伟大的，让我看到了你们的团结，孩子们！你们非常出色。"拉赫曼由衷地鼓励换来了一阵阵的掌声，每个人的脸上都流露着笑脸，刚刚还紧张的氛围瞬间烟消云散。

拉赫曼知道怎么创造氛围，接着说，"还有一个更好的消息告诉你们，算是送给你们和大怪莫尼的最好祝福，"拉赫曼说到这里停顿了一下，每个人都在猜测，眼神里充满了对这个好消息的期待。拉赫曼也没有让大家失望，说出了这个自己知道的秘密，"孩子们，你们都很优秀，在这里我看到了你们的成长，你们真的很棒。接下来，我想借这个机会宣布，大怪莫尼和克里无罪释放。"

拉赫曼的话音未落，就有人高喊"无罪万岁、自由万岁！"的口号，看得出大家都在为大怪莫尼和克里高兴。

"恭喜你大怪莫尼。"罗伯特第一个送出祝福，紧紧地拥抱着大怪莫尼。

"祝贺你，这里终于不用看到你了。"贴近克里的人也都围上来和他拥抱着。

最后大怪莫尼来到了克里身边，两个孩子紧紧拥抱在一起，互相拍打着肩膀，谁也没有说话，这一刻，所有人的掌声都集中到了两个孩子的身上，所有人的内心也都是每一盏灯，有人很高兴，也有人高兴地为他们掉眼泪，我们可能不知道大家都在想什么？但离开这里，是每一个人每天祈祷的事情。

从赛场进入 6 号牢房的大怪莫尼和克里已经换好了出狱的新衣服，和大家作着最后的道别。互相拥抱，说着鼓励的话。

"今天已经是关押你们最后的期限。这一刻，你们无条件被予以释放，恭喜你大怪莫尼，恭喜你克里。"不知道什么时候猫人刘已经来到了 6 号牢房前，把刚才拉赫曼长官说的话又重复了一遍。

"谢谢！谢谢！"大怪莫尼转身来到了猫人刘身边。

"你可以自由了。"猫人刘示意大怪莫尼走出牢房。

"你也是，祝贺你。"猫人刘又拍了拍克里的肩膀。

"我们自由了！我们真的自由了！真的太好了。"克里到现在还不敢相信幸福来得这么突然，一时抑制不住自己的情绪，开心的泪花就在眼睛里打转，但还是忍住了没有让自己哭出来。

"是的，你们现在可以离开这里，回到你们的魔法学校重新生活。"拉赫曼看懂了克里还有那么一点点担心这一切是不是真的，便又重复了一次这个消息的真实性。

"这么说真正的凶手已经找到了？"大怪莫尼好奇地问着拉赫曼长

官。

"还没有，但是我们关押你们的时期已经到了，按照宪法必须放了你们，至少代表真正的凶手不是你们，但是已经有线索了，我们会很快破案。"拉赫曼尽力安慰着两个孩子的顾虑，不想让他们分心太多，好好上学才是他们的头等大事。

"可以离开了，大怪莫尼，克里。"拉赫曼想要尽快结束这里的对话，还有更多的事物要等着自己去处理。

"等一下，我还有一个小小的请求，请答应我，拉赫曼长官！"大怪莫尼的话让拉赫曼思考了一下。

"很乐意为你服务大怪莫尼，说吧，看我能帮上你什么吗？"拉赫曼虽然还不清楚大怪莫尼的请求，但他尽量去满足孩子的想法，站在原地静静地看着大怪莫尼，等着解开谜底。

大怪莫尼毫无掩饰地说道："我想加入你们的队伍，为民除害。当然，还有我的好朋友，克里。相信他会同意，克里，你说对吗？"大怪说完自己的想法，目光停留在了克里的身上。

他知道一定行。

"是的，我们任何情况下，都是并肩作战，如果拉赫曼长官能够同意我们的想法，我想这个案子很快就可以结束。"克里点着头回答得干脆又诚恳，还描述了加入安保队伍后的可行性。

"非常乐意你们两个来自魔法学校的学生为社会服务，但是这个请求的批示要得到巴克局长的同意。不过不用担心，我会奉行我对你们许下的承诺，我会立刻向上级汇报工作，期待你们加入。"拉赫曼握住大怪莫尼的手表示感谢。

"我们在魔法学校等你们的消息！我们期待这一刻早点到来。"大怪莫尼表达着自己的想法，拉赫曼也用肯定的眼神回复着眼前的两个孩子。

猫人刘看出了他们有些依依不舍的情怀，但还是要挥手相送。

"走吧孩子们！拉赫曼长官已经说得很清楚了。希望尽快抓到真凶，也希望你们不要再来这个鬼地方了。我想，这件案子的最终破获，需要你们的帮助。但不是现在，如需要，会通知你们的。就这样，还有什么话要说吗？没有的话，你们现在可以走了。"猫人刘担心自己会难过，就下了逐客令。

"当然，我要跟他们说声再见。"大怪莫尼希望能够和大家说声再见，最后再看看他们的样子。

"好吧！快点，一分钟的时间，这是规定！"猫人刘在允许的情况下，不忘对大怪莫尼做着提醒。

"嗯。"大怪点点头，转身看着大家，面对着那群在哈雷城堡曾经相处过的朋友们，大声说到："嗨——你们听着，我和克里被释放了，我们走了，希望你们在这里安心改造，争取早日出去和家人团聚。"大怪莫尼说完，向前方人群挥了挥手，然后笑了笑。

"祝你好运，你终于获得自由了，愿上帝保佑你。"

"当然，还有你克里。你们走吧！这里本身就不是你们应该来的地方，上天已经给予你们公道了，回到魔法学校后别忘记写信给我们，我们会想你的。"

罗伯特代表大家说着心里话，每个人的心里都有一份不舍得的情怀，但他们又为这两个孩子样十足的小家伙感到由衷的高兴，毕竟他们获得了自由。

这是每一位被关押在哈雷城堡的囚徒们日思所盼的。

就这样，在复杂的心情中，送走了大怪莫尼和克里，送走了熟悉又必定永远见不到的两个身影。

出了哈雷城堡门外的大怪莫尼和克里，看着眼前的一切都是那么的亲切，他们终于可以重新回到属于他们的地方，他们也恢复了魔法，出发前，他们回头看了一眼这座城堡，满心的惆怅在两个人的脸上展现得淋漓尽致，大怪莫尼和克里的眼神交流着，随后他们骑上了魔杖向属于他们的方向奔去。

此时，太阳已经日落西山，两个身影也越飞越远，等待他们的是一个全新的开始。

魔法学校像往常一样，教堂的魔法师在圆桌上窃窃私语的交谈着，谁也没有想到很快就要见到大怪莫尼和克里。

劳尔在课桌前摆弄着一盆尖叫的植物，突然间，远处的两道亮光被走神看向窗外的劳尔发现，他没有让自己惊讶地叫出声来。只是默默起身，眼睛没有放弃盯着那越来越大的光环。

劳尔一直盯着窗外的光环，也自然吸引了众魔法师的目光，大家纷纷将目光投向了窗外，马丽娜一时被这不明之物惊讶得眼珠子差点从眼眶里掉出来。

"哇，太美妙的光环了，真是难得一见的美景。"马丽娜刚说完，大家也都一致认可的向前拥挤着挪动了几步向前。

"好像是大怪莫尼和小克里。"劳尔隐隐看见两个贴近的身影轻轻的脱口而出，一时间教堂内骚动了起来，大家期盼的时刻马上就要实现了。

"好像真的是他们。"皮特从人群挤到前面说给大家听。

"真的是他们，太好了，终于可以团聚了。"吉米开心地举起手臂，向远处打着招呼。

"你们在干什么？都回到自己的位子去，现在是上课时间！"罗丽丝教授一进屋见状，就向人群处走了过去。

"罗丽丝教授，快看！"劳尔手指远处的亮光，有些兴奋地看着罗丽丝。

"我看到了，是大怪莫尼和克里，我亲爱的学生回来了。"罗丽丝教授在魔法师学生的搀扶下，激动地来到人群中央。

"不明白怎么会有这么强的亮光伴随着他们"皮特不明白地瞧了瞧罗丽丝教授，想要知道这其中的答案。

"只有魔法的力量达到更高的境界就会出现亮光"、"当然速度也可以产生光亮。"罗丽丝教授普及着有关眼前现象的知识。

"是他们的速度。"皮特自问着读出声来。

"是的。"罗丽丝教授抚摸着皮特的头笑了笑。

"嗨，大家好！嗨，罗丽丝教授！很抱歉没有提前通知你们，我和克里是突然被宣布无罪释放的，就是这样，所以，没有来得及通知大家。我想你们会原谅我和克里的，对吗？"大怪莫尼在魔法师的注视下冲进了屋内，并站在了教堂的中央，说了一些抱歉的话。

他让自己走向了罗丽丝教授的身边，凝视了一会说："罗丽丝教授，这是一个令人兴奋的好消息。在我被关押四十七天后，终于洗清了罪名，回来属于我们的地方，当然，克里也是这么想的。"大怪说完，看了身旁跟上来的克里一眼，轻抬眼眉示意克里将话接过来。

克里显然聪明，看懂那个递给自己的眼神后，忙微笑着对罗丽丝教授说："是的，哈雷城堡的生活，让我和大怪莫尼越发想念魔法学校的日子，这里有我最亲的人，有史迪文校长，有罗丽丝教授，有劳尔、马丽娜、皮特、吉米、玛亚，还有贝利，所有的魔法师，今后，我不打算在和你们分开了，不会了。"克里的目光环视了一圈，最后将目光放在了眼前罗丽丝教授的身上。

"是呀！所有的魔法师都在为你们祈祷，你们回来就好。这是一个值得庆祝的日子，所有的人，此时此刻，内心都是激动的，这一点，我敢肯定。就像我此时此刻的心情一样，如果我再年轻一些，我会手舞足蹈的。但我已经跳不动了，因为我现在看起来很胖。孩子，祝福你们，在获得自由的同时，伟大的魔法学校亲眼见证了这一值得怀念的时刻，相信你们明天的命运会更美好，我说的对吗？孩子们？"

罗丽丝教授说到这时，将询问的目光撒在了周围每一个学生的身上。

"同学们！可以欢动起来了！这是一个值得欢呼的时刻。"罗丽丝教授授意大家可以度过一个美好的夜晚。

此刻，动物、植物、树藤、火焰、这里一切有生命体征的全部都动了起来，尽情地表达着对大怪莫尼和克里的欢迎，罗丽丝教授看在眼里，欢喜在心上。

可谁有能猜到，罗丽丝教授此刻还在挂念另外一个学生，就是贝利。他的沉思让大怪莫尼看了出来，便走到了罗丽丝教授身边。

"如果贝利在，这将是一个完美的结局。希望他的病情能够尽快地好转起来，早一天回到我们的身边，愿上天保佑贝利。"大怪莫尼在这值得庆祝的时刻提到住院休养的贝利，被细心的同学听到，课堂里开始慢慢安静下来，所有的人看着罗丽丝教授，看着大怪莫尼。这本是一个值得高兴的日子，大怪莫尼的一番话提醒大家贝利同学还在住院，但没有人知道贝利已经感染上被称作是不明来历的混血基因。

每个人都不知道该说些什么打开这尴尬的氛围，或许，只有贝利病情的好转才能带来光明的寄托，就这样，大家在黑暗中一直沉默——沉默。

第十二章　　透明人现身

安保局的大院内，明亮的办公室内猫人乙房门紧闭。

他因为制定抓捕透明人方案计划书没有灵感，这些天闹心得要死。

他将原计划 6 号结稿的日期又推迟了一天，不知道会不会被上级骂死。

当他要让自己大脑放松休息一会的时候，办公桌上一组急促的电话铃声差点没把他的胆给吓破了，他立即坐起，紧紧地抓住电话，电话那头传来了巴克局长的声音。

"猫人乙，是你吗？"

"是的，长官，我是猫人乙。这些天我为制定抓捕方案操碎了心，我已经辛苦到了极限。但愿这个月的薪水能给我长点，看在我用功的份上。方案已全部完成，就等着交给您复审。就是这样，巴克局长，您还有何吩咐？"猫人乙在电话这头尽量说一些让领导高兴的话，以示自己这些天来的辛苦，但真实情况他还没有提笔，脑子还是一片空白。

"很好，赶快发个邮件给我。我已经等不及了，我就是为了这个事情打电话来的。还有，薪水本来就是为付出辛勤汗水的人所准备的，既然你如此卖力，薪水再提高一点当然没有问题，问题是，你没把抓捕方案给我拿来。你明白吗？你已经在承诺的时间上超出了一个小时，你要再不送来的话，这次的案件你可以完全脱身不用参与了，当然你薪水的事情也将变得遥遥无期。"猫人乙听命知措时，巴克局长"咔"的一声挂断了电话。

他觉得一下子天要塌了，自己根本就不知道怎么写抓捕方案。本来就抓狂的自己更加抓狂了。

"这可怎么是好，做一个猫人斗士真心好烦，我特别羡慕在外面流浪的猫，多自由啊！神呀救救我吧，我这可怎么办？只有一天的时间了，我可不想因为写不出来被当面训斥，总的来说，我还是比较要面子的人。"猫人乙翻着眼睛摇着尾巴就是想不到好的方法，不时的自言自语，看起来很生气的样子。

但自暴自弃也不行啊？

猫人乙端起水杯大喝一口，让自己浮躁的心能够平静下来。还算蛮管用的，平静是平静了下来，但罗迪的内心像是热锅上的蚂蚁，急得团团转。

猫人乙再也坐不住了，他赶紧抓紧时间整理心情，整理文案，好让已经超时的指针在思维的流动中慢慢地前进，越慢越好。

人越是着急，越容易犯错误。

这不，猫人乙干起活来丢三落四，一个局长的电话就让自己心神不宁，烦躁不安。

说起来也不怪他有如此表现，这么大的案件，换个人想必也是一样。但没有想到的是，平时工作兢兢业业的猫人乙，这一次这是怎么了？

办公室里其他警员都是这么议论着他。

第二天一大早，猫人乙就准备好了方案。

去往局长办公室的路上，猫人乙心里还是有些七上八下。因为昨天为了赶时间进度，自己可是熬夜到了凌晨两三点。显然不是经过精心制订的方案，万一被骂这可咋办？想到这里的时候，猫人乙已经来到了局长的办公室门前。

他犹豫着敲门的手又缩了回来，反复了好几次。

巴克局长在办公室屋内已经等待得有些不难烦了，一纸方案居然搞了这么久。

他抬头看看墙上的挂钟，已经是上午十点。

巴克局长提起电话，拨通了秘书处。

"我是巴克局长，请猫人乙十分钟内赶到我的办公室。越快越好。来晚了你们一起下岗。"说罢电话就"咔"的一声挂掉了。

接电话的是秘书处的客服人员，她接听完电话后立即直奔猫人乙的办公室，自己的头可不是好惹的，如果慢了自己的饭碗都可能保不住。

"你怎么这么快！我的裙子快被吹起来了。"路过的女安保员被一路小跑的秘书处客服惹怒了。

"对不起！巴克局长找猫人乙，去晚了我可就下岗了。"客服没有回头边往前继续跑边向女安保员道歉。

"我刚刚看到猫人乙拿着一个本子去了二楼。"女安保员提醒了跑步中的客服人员。

"二楼？"客服一个急刹车，掉头又跑到了二楼。

"猫人乙斗士？你还好吗？"客服人员上楼后第一眼就认出了局长办公室门前来回徘徊的猫人乙，不解的追问道："为什么不进去罗斗士？局长刚刚打电话给秘书处，让你十分钟到办公室，如果不到，立即下岗。现在还有 53 秒。"

猫人乙听到"下岗"两个字，吓得直接推开了局长的办公室房门。

巴克局长正端着茶杯想喝一口茶，被突然闯进屋里的猫人乙吓了一跳，差点杯子摔在地上。

"很抱歉，巴克局长，刚刚吓到您了！我想我不是故意的，因为时间的关系，53 秒。距离您说的十分钟时间仅差 53 秒。"猫人乙明显感觉到巴克局长生气了，连忙解释自己不是故意的，希望能够得到巴克局长的原谅。

"你看起来冒冒失失的，进屋连门都不记得关。是不是太没有礼貌了猫人乙？"巴克局长听着猫人乙的道歉，一边看着敞开着的房门。

"我太大意了局长先生，我这就关上房门。真的很抱歉，昨天睡得太晚，就为了赶时间做这个东西，没休息好，迷迷糊糊的，真的很抱歉。"猫人乙转身带上了房门，回头继续给巴克局长解释自己的状态。

巴克局长看在猫人乙平时表现优秀的情分上也就没有再责怪他。

他只想早点看到猫人乙手中的方案，其他事情暂时显得都不是很重要。

"辛苦了猫人乙，我很期待你完成的方案。希望不要让我失望。"巴克局长看着眼前的猫人乙笑了笑，希望缓解一下刚才尴尬的气氛。

"是刚刚完成的吧！我在这等你三个时辰。这要是在战场，将会意味着什么？很显然，意味着死亡。战场上可没有人会等你。看来，你还算不上合格的斗士，等大提琴海保险公司的案子结束后，你应该去哈雷城堡磨炼磨炼。那可是一个很好的斗士培训基地，我想你会喜欢那里的。"

猫人乙听完巴克局长的话，显然很生气，一副不情愿的样子，直勾勾地盯着自己的上司，"不，巴克局长，您误会了，我刚才在路上遇到一个老同学。我告诉他我有任务在身的，可是他就是不听，他还说，如果不和他聊上三个小时，以后朋友就做不成。我怕失去他这样一个特别的朋友，所以，所以就答应了他陪他聊了三个钟头。"猫人乙真是愚蠢的连拍马屁都伤人，听完这话的巴克局长更加生气。

"那你就陪他聊了三个小时？"巴克局长皱着眉头看着猫人乙。

"是的，三个小时。"猫人乙脸不红心不跳地撒着谎，他显然是低估了自己上司的头脑。

"请分解一下你是怎么和你的朋友度过这三个小时的？"巴克局长说话的语气越来越低沉，显然是已经不想再忍自己的下属和自己说谎了。

但猫人乙自作聪明以为可以用谎言应付巴克局长，他接着说："嗯——是的，一个小时谈工作，一个小时谈爱情，最后一个小时讲笑话。"

"你还真的是忙啊，你当我是白痴，这件案子从今天开始跟你已经没有关系了。对了，还有，记得月底去哈雷城堡报到。回头，我会跟哈雷城堡最高长官沟通的，我想，他会让你学到很多的知识，哈雷城堡的囚徒们也一定会欢迎你的到来。祝你好运，先回去休息吧！"巴克局长对眼前的猫人乙彻底失望，再也不想看到他在自己面前演戏了，这简直就是在当场考验自己的智商，巴克局长越想越生气，恨不得把眼前的这个没有头脑的下属给扔出去。

"哦，局长先生，我并没有想冒犯您的意思，我们可以商量一下这个方案的可行性。"

· 猫人乙见自己冒犯了上司，急忙想办法挽救现场的局面。但一切好像看起来晚了，巴克局长可是已经下定了决心。

"我觉得你适合做哈雷城堡的最高长官，看看每天有多少的在押犯需要心灵的沟通，正好用得上你的那个三小时，不过要好好练习一下，毕竟三个小时也不短。"

巴克局长吐了一肚子的苦水，这演戏的套路真是一绝，但看上去还真是在体贴下属，稍微反应迟钝的下属就会中了巴克局长设下的套。

"是吗？真的是觉得我可以升任为哈雷城堡最高长官吗巴克局长？"猫人乙根本想不到巴克局长的真实用意，还在内心傻傻暗喜。

巴克局长看猫人乙并没有理解自己的真实意图，一脸苦笑地看着他，心里想咋有这么二的下属。

"如果你喜欢的话，我可以努力让你做一辈子的哈雷城堡最高长官。"巴克局长一脸的严肃看着猫人乙，已经不想和他继续对话。

"出去！"猫人乙被局长送出了屋，留下来的是他内心的抓狂和对方案的审查。

巴克局长翻看着猫人乙送来的抓捕方案，他没有抬头的意思，也许他感到肩上责任重大，从他那张凝重的面孔上就可以清楚地看出来。

猫人乙顺着走廊一直向前走去，内心傻逼一样的欢喜，他还真的白痴一样的信了巴克局长告诉自己所有嘲讽他的话。

罗迪边走边想，开心的嘴巴都合不住。

突然，一道白色的光从他的身旁闪过，他可以肯定那道白色的光是从玻璃墙外传来的，但就当猫人乙上前想要看个明白的时候，突然整座大楼内停电，四处一片漆黑，伸手看不见五指。

猫人乙探着脖子在黑暗中寻找着答案，他的头发突然莫名地直立了起来。他瞪着上翻的黑眼睛试图去发现些什么！但除了一股轻轻的风外，其他并无异常。

猫人乙预感不测顺手拔出了腰间配备的手枪，并无目的四处瞄准。他隐约感觉到身边有个人，一个透明的物体出现在他的面前，应验了他的预感。

"你是谁？"猫人乙盯着前面晃动的影子一刻也不想眨眼，担心眨眼间对方就不在了。

"我是我！"透明人回复着猫人乙，除了对方能听见自己的声音，任何东西也看不到。。

"你到底是谁？有本事就自报家门，也不要躲躲藏藏。"猫人乙故意调戏眼前的陌生人，想着能让对方显身。

"我都说了我是我。"透明人边说边靠近猫人乙，猫人乙眼看就有生命危险，就在这时，不知道是谁在一楼叫嚷着，"是谁关的灯啊？怎么一楼突然没有电了？"一楼的猫人斗士将头伸出窗外嚷嚷着，他抬头看到二楼巴克局长的办公室还有光线，嚷嚷声就更大了。

说时迟那时快，伸脖子的猫人斗士刚叫唤了两声就挂在窗边咽气了。

突然听不到同事的反应，猫人乙吓坏了。

他的第一反应就是刚才那个大声嚷嚷的同事挂了，而凶手就是刚刚和他对话的人。

他突然大喊一声"救命啊！请求支援。"就倒在了地上不再动弹，透明人吸食着猫人乙体内的血液，当透明人起身时，地面上仅剩下猫人乙的躯体，扁扁的，干干的。

透明人趁着黑暗逃走了，一切又恢复了往常，不一样的是在这个在外人看来绝对安全的地方，发生了一件很不安全的事情。

由于巴克局长的办公室没有停电，刚刚发生在二楼的事件，巴克局长一点也不知情，他在自己的办公室里很认真地审查着抓捕透明人的方案。

走廊拐角处一行走来了二个身材惹火的女猫人斗士，一高一短往前走着。他们谈笑风生说说笑笑，并没有在意刚才这里发生过的事情，只是越靠近猫人乙倒地的位置，空气中的血腥味越浓。

警惕的高一点个子的女猫人斗士嗅着空气中的味道，来到了躺在地上的猫人乙面前。

高个女猫人斗士刚要让自己拾起躺在地板上的猫皮时，才看清楚是猫人乙被杀害了，瞬间吓得瘫软过去倒在了地板上。

矮个的女猫人斗士被眼前的一幕，吓得发抖，强忍着伸手按下了墙面上的红色警报，随后，自己也像高个的那位同事一样，瘫软地倒在了地上。

整座大楼在红色按钮被按下的那一刻，顿时变得紧张了起来。

刚刚还安静的楼面，被集中而来的脚步声踩破了原有的寂静。人们纷纷围在已经牺牲的猫人乙罗迪身边，每个人都沉默着，，每个斗士都在心里找着答案。

被吓晕的两名女斗士也被唤醒，但依然可以从她们发抖的身体上寻找到令人恐怖的答案。

巴克局长闻讯赶来，"怎么会这样？你们两个谁看到他是怎么被杀害的？"

巴克局长焦急地想要第一时间了解真相，然后做出决策。

看着自己的下属被人在安保局杀害，作为城市安保局的第一把手，怎么也平静不下来。

巴克局长看了看只剩下一具干尸的猫人乙，痛心地摇了摇头，随后目光定在了其中一个女斗士身上，想要知道刚刚发生的一切。

"我们发现时，他已经死了。"矮个女斗士一边抹着泪，一边和局长聊着刚刚自己经历的全过程。

"简直无法无天了，居然跑到安保局来杀人。"局长听完女斗士的描述，握紧拳头想亲手宰了这个家伙。

个子高一些的女猫人斗士，可能是被吓得已经不知所措一直没有说话，只是在每次矮个的女斗士说完话后她也跟着点点头。

"都是废物，现在我们的同事死在了自家的门口，看来这个家伙已经不拿我们当回事了。谁能回答我这是谁干的，谁？"巴克局长恼怒的目光，寻视着周围一切可以让自己发火的东西。

突然，那个透明人站在巴克局长和所有猫人斗士的面前。

"是他。"

人群里传出一阵胆怯的声音，透明人就站在眼前。

"透明人？"巴克局长仔细打量着眼前这个怪家伙，接着警告他说，"赶快投降吧！不然的话，我会开枪打死你。你要是不相信的话，我们可以试试。"

巴克局长的话刚说完，周围所有的人都拨出了枪瞄准了透明人。

所有人拿枪瞄准的姿势都很专业，但好像眼前的透明人根本就不怕，也没有想要逃跑的样子。

首先在气势上透明人已经占据了上风，接下来就看谁能挺到最后。

眼前的场景连巴克局长也没有经历过，每个人心里都没有底气，只是呼吸着僵硬的空气双方对峙着。

"尽管开枪，我才不怕你们这些笨蛋。来呀！对准我，别打偏了。"透明人一边说着，一边用眼睛恶狠狠地瞪着那一杆杆指向他的枪口。

他眼睛睁大了一些，里面可以看到丝丝的绿光，他看过的所有枪支，本来还笔直的枪杆，一杆杆枪支都含蓄地弯下了腰。

这一奇怪的现象，让所有的人除了目瞪口呆，便是一语不发地推测着接下来要发生的事情，所有人都开始慢慢往后撤退。

就在这生死攸关的一刻，巴克局长偷偷地从衣袋里拿出一个火柴盒大小的摇控器，没有人知道是什么。

然后巴克局长坦然自若地整了整自己有些凌乱的衣角，看起来一脸轻松的样子，拨开人群走向透明人的身边。

"嗨！小子，看到你很高兴，没想到你不请自来，很好。但是我想提醒你的是，这里是安保局，不是你想杀谁就可以杀谁的地方。"巴克局长的话刺激到了透明人，旁边又死了一个斗士。

"住手，NO。"巴克局长讨厌自己激怒了眼前的透明人，忙上前试图安抚他，"冷静，冷静，我想和你好好谈谈，但你不要再伤害更多的人，他们都是无辜的，至少他们没有想着要去伤害你。呃，至少他们瞄准你的枪现在都已经弯腰了。"

巴克局长小心应对着眼前的透明人，他在找下手的机会，其他的斗士都战战兢兢地在旁边观察者，每个人脸色看起来都十分惊恐，唯独巴克局长看起来稍微淡定一些。

透明人好像并没有听懂巴克局长的话，只是歪了一下脖子看着眼前的巴克局长，他准备要动手干掉眼前这个不知天高地厚的佩戴徽章的家伙。但巴克局长早已经看出了透明人的动机，马上阻住了透明人接下来可能对自己或者斗士的伤害。

"先等等，我想，你将为你鲁莽的行为付出代价。你难道不知道这是什么地方吗？之前，我们制订的方案抓你，没有成功，但现在，你自己送上门来，你这个来无影去无踪的家伙，现在就让我将你绳之以法，为我死去的战士报仇，为那些被你害死的无辜的人报仇，相信他们在九泉之下已经开始庆祝了。"

巴库局长此时说出的一番话，让在场所有的警员捏了一把汗，在所有人看来他们的头一定是疯了，可巴克局长又十分自信的样子，谁也不清楚他葫芦里卖的什么药。

但更多的人已经开始担心巴克局长被再次激怒的透明人杀害，纷纷看着眼前的一切，没有丝毫的时间让自己眨一下眼睛，哪怕是一下，都会让自己担心看不到巴克局长一样的迫切，希望巴克局长能够逃过一劫，希望透明人能够平静一些。

巴克局长已经看到了所有人的紧张，但他也只能强硬着头皮对付眼前的透明人，因为已经没有了其他任何更好的办法。

巴克局长想到这里，干掉透明人的想法更加坚定。

这个时候，只见巴克局长的拇指轻轻的扶在黑色遥控器的红色按钮上，然后，微微的冲着眼前的透明人笑了笑。

"嗨！我想让你看样东西，怎么样？是不是从来没见过？哈哈！你去给我见鬼去吧！"巴克局长突然拉下了脸，恶狠狠地对着透明人大声喝道。

就在巴克局长按下遥控器按钮的一刻，四门迫击炮的炮口已经顶在了透明人的头上，炮口从四面将透明人夹击在中间，火力四开一通扫射。

在众人的围观下，透明人的脑袋被大火烧焦。

就在大家眼看透明人就要命归西天时，事情确发生了转变！透明人突然恢复原貌，炮口接到指令后，对着透明人又是一组炮击。

但这一次透明人没有让自己停留一秒，挥手洒了一道银光，就不见了踪影。

刺眼的银光让所有人在那一刻紧闭着双眼，每个人用眼皮感应着眼前的黑暗与光明。

当确认那道银光已散尽时，所有人才将眼睛睁开。

第一个说话的是猫人甲，他感到一阵阵不安。

"听着，我们遇到了强大的对手，看来能够将他绳之以法的人，不是我们，而是魔法学校的大怪莫尼先生，曾经被我们视为嫌疑犯的那个西瓜头男孩。"

"巴克局长，请您派人去请大怪莫尼，我相信，只有他才能够制服那个透明人。我们必须要相信魔法的力量。"

猫人甲的话语轻微而又坚定地说完，眼睛盯向了玻璃窗外，静静地看着远处，好像在内心说："魔法界的魔法师们，现在是需要你们出面解围的时候了，在这座城市的每一个角落，都充满了异常的恐怖气氛。你们是上天赐予人类特殊的群体。也只有你们能够让这座城市恢复以往的平静，知道吗？所有的人都在期盼！期盼早一天抓住那个杀人狂魔。早一天……！"

　　巴克局长此时用眼睛看着大家，不想让大家失望，重重地点了点头答应了。

第十三章 诚恳的邀请

曼格顿兹魔法学校像往常一样，课堂内井然有序地上着魔法课。

但很明显，这个时候是下午的自习课，并没有看到罗丽丝教授的身影，教堂内每个学生都在课桌前认真地摆弄着学来的新魔法，大怪莫尼一边在书本上看着新知识，一边用手里的魔法棒尝试着，克里拿着长脚的萝卜在玩弄着，皮特坏坏的样子把身边的同学变成各种难看的动物取乐，劳尔和玛丽娜互相练习着让食物满天飞的新本领，还有吉米也没有闲着。

科比用魔杖指着自己的头发随意地换着发型，偶尔还有烧焦的时候。逗得旁边的人哈哈大乐，这一切看上去都很美好，都很童真。

总之，这里所有的人都在忙碌着，都在欢歌笑语说说笑笑。

每个魔法师尽量让自己放松起来，你可以从每个人脸上挂着的灿烂微笑中看出来，他们是那样的天真活泼，谁也不会看出，在他们这群人中，即将会有人因为正义而战。

但在安保局派的人还未到来时，下一刻会发生怎样的事情，谁也预测不到。

就在所有的魔法师面带笑容尽情欢歌笑语时，一阵急促的敲门声，打破了这里的欢乐。

每个人都放下了手中的工作，大家的眼光在同一时刻齐刷刷地盯在那扇陈旧而古老的黑色木门上。

那急促的声响越来越有些不耐烦地撕心裂肺叫喊，这种刺耳的声音传到了正在细心阅读书本的罗丽丝教授耳朵里，罗丽丝教授将书本轻轻的合拢放于胸前，大门在罗丽丝教授抬起魔法棒瞄准的那一刻随即打开。

眼前，一个大黑猫斗士骑着飞行器浮在半空中，那排气管排泄出蓝色的火苗，就像是喷火的运载火箭随时要冲上天空。

大黑猫斗士将飞行器缓缓地开进课堂，他并没有直接来到罗丽丝教授身旁，好像在四处寻找着什么，最后将目光盯在了西瓜头大男孩大怪莫尼的身上。

飞行器此刻停靠在大怪莫尼的身边，两个人互相注视着对方，最先说话的是大黑猫斗士。

"你好！请问你是大怪莫尼先生吗？"黑猫显然心里没有底，但转了一圈还是这个孩子最像他要找的人。

"他怎么能认识我？"

大怪莫尼看着眼前跟自己说话的黑猫斗士，毫无避讳地回答："是的，我是。你是要找我吗？"

大怪莫尼看着黑猫斗士，显然也是想弄清楚这是怎么回事。

"是的，见到你很高兴大怪莫尼先生，我们需要你的帮忙。"

黑猫斗士做着自我介绍，高兴得手舞足蹈。

"我的帮忙？"

大怪莫尼流露出惊讶的表情，对这突如其来的黑猫斗士说的话搞得有些不知所措。

"你应该是想请求大怪莫尼我的学生帮你抓逃犯吧？如果没有猜错的话？"罗丽丝教授看出了黑猫斗士的心思，走上前来想了解一下究竟。

"您就是受人尊敬的罗丽丝教授吧，很抱歉刚才激动地忘记了您的存在，很抱歉。"黑猫斗士边说边收缩着脖子表示歉意。

"受人尊敬，谢谢！至少刚才被你忽视了。"罗丽丝教授开着玩笑打趣地看着眼前的黑猫斗士。

　　"真的对不起罗丽丝教授，没有要冒犯您的意思，只是当我认出了大怪莫尼时有点激动而已，再一次说声很抱歉。"猫人斗士说完深深地鞠了一个躬再次表示歉意。

　　"和你开个玩笑，孩子，我已经猜到了你们安保局派你来魔法学校的来意，但我想知道更多，比如你需要我们怎么协助你们？"

　　"哦，太好了，罗丽丝教授，您真是英明的老师，我愿意再讲得更清楚一些。"

　　黑猫斗士说到这里端起课桌的杯子喝了一口水，接着说，"这座城市目前被一个透明人搅和得不得安宁，城市的每一个角落都充满着紧张的气氛，路上的行人比以前少多了。如果不是为了生计，我看你在城市的街道上根本找不到行人，知道吗？我们拿那个家伙没有办法！一点办法都没有。所以……所以是我奉巴克局长之命来魔法学校邀请您的学生，大怪莫尼先生能够和我们一起去抓住透明人，制服他，并骄傲的宣布我们是拯救世界和平的一群人。"

　　黑猫斗士说得很起劲，刚刚喝下的水一直从七窍往外喷，他并没有注意，其他魔法师也没有在意，只是静静地看着他，看着他一个人为什么说得这么起劲。

　　黑猫斗士说了一大通的话等待着大家的响应，等待的结果是大家都很沉默地看着自己，黑猫斗士自觉得口才不行失望地摇了摇头，但他没有放弃说服大家，因为自己的任务艰巨，不能完成任务可怎么回去像巴克局长交差啊。

　　于是，黑猫斗士提了提精神接着说，不信你们听不进去。

　　"如果您的学生，就是你大怪莫尼先生。"黑猫斗士说到这里还手指了一下大怪莫尼，"能够答应帮助我们，简直是最好不过的事情了。我们非常希望世界和平，我们更愿意和魔法学校的魔法师们打交道，我们联合起来的力量是无穷的。保卫地球，保卫人类的希望，全部压在我们之间。

您是知道的，透明人只要一天不铲除，这座城市和生活在这座城市的人永远也得不到安宁，包括大家每一个人生活在这个地球的人，还有您的父母，或者孩子，哦！你们还没有孩子。"黑猫斗士口不择言引得大家哈哈一阵大笑。

但黑猫斗士并没有停下表达，"为了铲除恶魔，还百姓一个安静生活的日子，让这座死去的城市再一次燃烧起来，我代表巴克局长向你和你的朋友们发出最最诚挚的邀请。答应跟我去吧？将恶魔打入十八层地狱是所有人的心愿。嗯哼！"

黑猫尽力让自己表现得可怜无助一些，这是他来之前巴克局长的叮嘱。

不知眼前的这位老头能不能答应自己的要求，黑猫乞求的眼神看着罗丽丝教授，再看看身后的大怪莫尼。

大怪莫尼认真地思考着，思考着罗丽丝教授能不能答应，思考着自己的愿望能不能实现，大怪莫尼心里一直想着可以参与这次行动去拯救人类，但最终还是需要得到罗丽丝教授的同意才可以，想到这里，大怪莫尼将目光移到了讲台上的罗丽丝教授身上，他知道罗丽丝教授应该会同意的，于是微微露出了一张求情的笑脸。

教堂所有的魔法师和那只黑猫斗士的心情一样，大家都怀着激动的心情等待着罗丽丝教授的回答，但答案永远只有两个，YES 或者 NO。

罗丽丝教授故作镇定，看了看黑猫斗士，再看看自己的学生。

他不想结论下得这么早，担心猫人斗士不珍惜，虽然他早有想支援安保局的意思，但是答应自己的学生去之前，也要考验猫人斗士一番。

罗丽丝教授合上课桌上厚厚的书本，起身来到了黑猫斗士的身边，轻轻地弯下了腰，拾起黑猫身上掉下来的一根猫毛。

"你的毛还给你。"罗丽丝教授伸出手递给黑猫斗士。

"哦！这简直有点尴尬。这个时候偏偏掉毛，影响了大家的情绪很抱歉。"

黑猫害羞地接过罗丽丝手中的毛，仔细地抚摸着，但好几次没有黏在自己的身体上，显得有些慌手慌脚。

罗丽丝教授看到这一幕伸出援手帮助，在他的魔法下掉下的毛又长回到了猫人斗士的身体上，学生们则被黑猫斗士怪异举止，逗得教堂内传出阵阵笑声。

"有耗子。"一只老鼠在花盆前寻找着食物，黑猫斗士本能地冲了出去，刷地一下来到墙角，在墙角深处抓到了一直肥胖的老鼠直接送到了自己的嘴里。

然后闪电一般的让自己回到原位，回到了罗丽丝教授的面前。整个过程在魔法师还没有来得及有反应时，黑猫就回复了状态，继续罗丽丝教授的谈话。

"您看到了，猫抓耗子这是我的天性。" 黑猫斗士说完自豪地看着大家，一脸的满意。

但更多的人都用恶心的表情回复着黑猫斗士，就连一向淡定的罗丽丝教授也看不下去，上半个身子向后躲闪，一脸嫌弃的表情。

"我的老鼠，是你把我的老鼠给吃了，那是我的宠物。你最好把它还给我。"

马丽娜气愤地站起身指责着这个还没有搞清楚状况的黑猫斗士。

"你是在跟我说话？老鼠，你的老鼠？"黑猫斗士回头，只见一个大发脾气的女孩冲着自己喊。

"还给我老鼠，他是我的宠物。"马丽娜表现得气急败坏，恶狠狠地看着眼前这个不知所措的家伙，"快把它还给我？那可是我的宠物，有时候我们上课要做实验用的。"马丽娜还在坚持要回自己的宠物，她相信它还活着。

"好吧！既然是你的宠物，那我就还给你。"黑猫斗士知道吃了小女孩的宠物，歉意的表情上写满了尴尬，他赶紧将盘中美味吐了出来，虽然看上去有些依依不舍。

当那只剩下骨架的老鼠被吐出落在地上的时候，全场所有人都盯着老鼠骨架目瞪口呆，所有人将目光转移到了马丽娜身上，担心她会为了自己的宠物杀了眼前这个冒失的家伙。

黑猫斗士也被自己胃动力的吸收能力吓了一跳，下意识地摸了一下自己的胃部，轻轻地看着眼前的马丽娜，希望能原谅自己。

老鼠骨架四处跑来跑去，依然在花盆边找着食物填饱肚子。

马丽娜来到了只剩下骨架的老鼠面前，轻轻地抱起她，放在胸前，他们脸贴脸的互相依偎着对方，那种场景看起来更像是恋人之间的久别重逢，特别的感人。

罗丽丝教授看到学生伤心的样子，就来到了马丽娜的身边，轻轻地抚摸着他的头发，让自己没有说什么，只是用手中魔杖轻轻画了一个圈，一只鲜活的老鼠又回到了马丽娜的面前。

马丽娜看到本来已经死去的宠物又活了过来，脸上终于露出了笑脸。罗丽丝教授见马丽娜也不再难过，也开心地笑了。

大家都笑了，黑猫斗士也跟着一起笑了。但罗丽丝教授没有忘记，还有更重要的事情等着自己做决定，于是，走到了大家的中央。

看了看所有的人，看了一眼考验及格的黑猫斗士，宣告着自己的决定。

"孩子们听着。"

所有的人都围了上来，想听到的更清楚一些。

"现在我们的百姓有难，我们生活在这个城市中需要和平、需要安静，虽然之前和安保局有过小小地不愉快，但是正义的曙光终究会还我们魔法学校一个清白。"

大怪莫尼听到这里第一个掌声响起，所有的人都在为罗丽丝教授捍卫百姓的尊严鼓掌，罗丽丝教授收到肯定的掌声后点了点头示意大家，他接着把后面的话讲完。"现在没有什么比抓住透明人更为重要了。谁愿意去协助猫人斗士抓捕那个透明人，请举手示意我。"罗丽丝教授的话刚说完，教堂里就有一半的魔法师将手抬了起来。

"啊——，太好了。没想到有这么多的魔法师愿意和我们一起去战胜恶魔。这真是我的荣幸，太谢谢了，太谢谢你们了。罗丽丝教授，我看就他们了。"如此之多的举手请愿者，让本以为很难邀请到魔法师的黑猫斗士兴奋得合不上嘴。

罗丽丝教授见状，忙上前解释魔法学校在派人这件事上的误解。

"不，我想不会答应你去太多的魔法师的，你先不要因此而太过于兴奋了。"听完罗丽丝教授的话，黑猫斗士和所有举手示意的魔法师都不解地望着一脸凝重的罗丽丝教授，只有大怪莫尼表现非常自然的微笑着。

大怪莫尼这一举动，被细心的吉米发现，凑过身子来打探大怪莫尼，"你不觉得罗丽丝教授的回答让人有些意外吗？你还能笑得出来？"吉米收回话的时候，心里依然猜不透大怪莫尼内心的想法。

"没有什么意外的！如果举手的魔法师都去那才是意外！嗯哼。" 大怪莫尼的这个简单的回答，显然让吉米不是很明白，反而让吉米充满了好奇。

"为什么？"吉米没有要放弃的意思追问着，好奇心也真是爆棚了。

"还是听罗丽丝教授是怎样回答的吧？"因为眼前的场合不便于私下沟通，所以，大怪莫尼做了一个双方都能接受的决定。

"好吧！或许只有一少部分的魔法师去，但我相信一定少不了你。"吉米轻声细语的说完，收回了身子。

"谢谢！"大怪莫尼道完谢后，也立即收回了话语。两个人的眼睛，又一次盯在罗丽丝教授和黑猫斗士的身上。

"能告诉我原因吗？是的，我想知道！教授先生！"黑猫警员撅着嘴巴盯着罗丽丝教授问道，眼睛里充满了对他说法的不理解。

"当然，我当然要让你明白为什么不让去那么多的魔法师！看到了吗？你的眼前。"黑猫斗士顺着罗丽丝教授的话看着前方。

"不，是你的头顶。"罗丽丝教授指的上方，黑猫斗士看着前方，罗丽丝教授忙提醒他看错了方向。

黑猫斗士收回看着前方的眼神，抬头看见一盏华丽的吊灯。

"是一盏漂亮的吊灯。您让我看它干什么？难道你让它协助我们去抓透明人？"

对于动物来说，它的思维永远都是那样的简单粗暴。

罗丽丝教授认识到了这一点，上前一步向黑猫斗士解释。

"我是说，你想让那盏灯变成什么？我就让它变成什么样子！我只是想让你见识万物在魔法的驱使下，它们是怎样被屈服的。看完之后，你再告诉我，还用不用去那么多人了。"罗丽丝教授说到了这里，就已经有好多举手的魔法师放下了手，因为他们总算是猜透了罗丽丝教授不让去那么多人的原因。

　　眼前的黑猫斗士充满了好奇，他特别期待接下来可以见到的魔法，"那就让它变成一只会飞的凤凰吧。"看他怎么变得出来？黑猫斗士内心偷偷为自己出的难题偷笑，这个世界上哪有凤凰存在？

　　黑猫斗士出了一个自己认为是难题的课题，心里的笑憋不住露在了脸上，看眼前的罗丽丝教授怎么完成。

　　一个巨大的挥着翅膀的凤凰已经在屋顶处来回翻腾着，飞来飞去。叫声那么的迷人，清脆又响亮。

　　黑猫斗士看得目瞪口呆，深深地被魔法的伟大魔力折服了。

　　他一边劝说罗丽丝教授可以收回魔法，一边红着脸在心里憎恨自己的多余担心。

　　最后，他们一起商议后，决定大怪莫尼、劳尔、马丽娜、吉米、皮特还有克里，参加这次行动。

　　抓捕行动的时机以天空中放飞的礼花为暗号。

　　黑猫斗士事情总算打理完了，这才面带微笑和罗丽丝教授还有这些可爱的孩子们道别。

　　"我现在很自豪地说，这是我见过最厉害的魔法，你们很棒。看来我们局长的决定是正确的，他从来没有这么正确过。"黑猫斗士调侃着，转身骑上了飞行器。

　　"再见罗丽丝教授，再见大怪莫尼，大家再见。"黑猫斗士说罢，启动了飞行器，伴随着机器的轰鸣声，扬长而去。此时的安保局，每个人都在期待着结果，大家都有些忐忑不安，毕竟以前和魔法学校的两个孩子有过误会，所以大家心里都不踏实，魔法学校这次愿不愿意出手相助。

　　巴克局长也为魔法学校派来的学生的能力担心着，沃斯、尼罗的心情一样。

此时此刻，也只有亲自见识过魔法威力的黑猫斗士从没有过的踏实。

他要带回来这个好消息，这个让所有猫人安保人员担心的好消息。

第十四章 都是基因闯得祸

医院的走廊和病房内，深夜安静地令人恐怖。

透明人选择这个时间来，此时，已是深夜时分，他悄悄地溜进那间本属于自己的病床上。

屋子空荡荡地，安静地能准确地听到心脏跳动的声音。

"嘭。"透明人靠近那张白色的病床，上面躺着一个像是睡着了一样安详的孩子。

这个病床上躺着的孩子，就是来自魔法学校的学生贝利，不巧的是他和这里另一个人同时感染上混血基因，再后来成了混血基因病毒的替死鬼。

在外人看来，他只是魔法学校的普通学生， 可在利达眼里，这个睡着的小男孩和自己有着千丝万缕的联系。

他莫名地觉得有一股吸引力促使他，每每相隔一段时间就要回来看看。

之前来都是无影无形，这一次他的到来被正在查房的医生打乱。

3 号病房里，这个戴着眼镜的小男孩正静静地躺在病床上，他显然不知道自己已经在这里躺了很长一段时间了。

主治医生苏菲娜正在对每个病房的病人进行着例行身体检查，利达隐隐地听到是基因丢失的缘由传到了自己的耳朵里。

对于利达来说，他根本就不知道医生所寻找的基因已经潜伏在自己的身体好长一段时间，还像个吃瓜群众一样的好像和自己没有任何关系，观察着并不知道的一切。

医生推开房门的时候，利达想逃走，可是已经来不及了。

"你好！你是这间病房的病人吗？好像之前没有见到过你。"苏菲娜手抱着病历单，眼睛盯着眼前这个陌生面孔。

"哦，我是另外一间病房的病人，我是新来的。"利达为自己狡辩。

"麻烦你出示一下你的证件，谢谢。"苏菲娜眼睛继续盯着眼前这个看上去鬼鬼祟祟的家伙，隐约感觉这个人不大对劲。

"拿出来啊！"苏菲娜后面的随从1.8米高的大汉看不下去叫嚷着。

"就是，拿出来。你不拿出来我们怎么知道你的身份？"苏菲娜身后另一名实习医生也有些不耐烦，告诉利达利利索索地不要推延时间。

"我是新来的病人，我新来的。隔壁病房的，只是走错了房间。"利达吞吞吐吐的样子，自己都把自己给出卖了。

"我没问你是几号病房的。我让你出示你的证件或你的病例资料给我看。"苏菲娜显然被眼前这个家伙搞得没有心情，发起了火。

"人很漂亮，脾气也很漂亮。"利达挑逗着苏菲娜，完全无所谓的样子。

这时候，苏菲娜一肚子气，无奈地看着眼前的利达。身后的两个随从实在是看不下去众目睽睽之下，眼前这个男人如此嚣张。

大个子上去一个箭步就按住了利达，拨到后背的胳膊被实习医生死死地摁着，利达一动不动，也没有要反抗的意思。

"我说你们轻点，医生的力气都这么大吗？"利达左右被夹持、很难受地样子抬头挑逗着两个实习医生。

"我都说了我是隔壁病房的病人！"利达为自己争取着逃跑的时间，故意表现得不耐烦，试图迷惑苏菲娜和两个实习医生。

可他哪里知道，身为主任医生的苏菲娜可不是等闲之辈，这里的每一个病人自己都清清楚楚，不可能这么大意地就放过自己。

"你说你是另外一间病房的病人？那好，我问你，年轻人，你是得了什么病？"苏菲娜见发火无用，便心平气和地套问利达的话，智取才是其高一筹。

利达见自己逃不过这个话题，心想遇到了难缠的女人了。他自己身份特殊，也就没有想着发火，担心暴露自己的身份，他暗自咬牙忍了忍。

他抬头微笑着看着眼前的这个该死的医生美少妇，说："可不可以先将我放开，这样我很难受。"利达没有直接回答苏菲娜的问话，只是告诉对方自己这样不舒服。

"好吧？放开他，但你别忘了回答我提出的问题。"苏菲娜只是警告利达，然后向同事们挤了一个可以放手的眼神。

他被两个强壮的小伙放开了，他伸了伸懒腰。转身看着苏菲娜医生。

"谢谢！谢谢美女医生。"利达在被放开时向苏菲娜表示感谢。

他整了整自己那身笔直的西装，然后接着说："好吧！我实话告诉你们，其实我也不知道为什么隔一段时间就要来到这里。可能是一股神奇的力量驱使我来的。每到这个时候，我都控制不住自己要来这里。还要去见躺在病床上那个我根本就不认识的病人，这一点我也很纳闷。

你们见过透明人吗？对，我就是。在我发火的时候，我的全身都变成了透明色。对，就像现在一样。

利达的身体正在发生着变化，周围的人都看傻眼了。每一处器官都可以清晰可见。

"你可以清楚地看到我跳动的心脏，还有不断流动在血管里的血液。"利达接着说，"有时候我都觉得很稀奇，以前我可不是这样的。好像有东西浮在我的身体内控制着我。我常常劝自己不要发火，一发火准变成透明体。当我变成透明人的时候，一切的行为不受大脑的控制。常常会无故地夺取别人的性命。利达说到这里拿起一份旧报纸，甩了甩就出现了自己的原貌，"这是我还原后的样子在报纸上看到的"。

他接着发着牢骚，"其实我也不想那样做。就这些！没有什么要说的了吗？噢，不好，我在说些什么？能告诉我，我刚才都说了些什么吗？"利达的话讲到这里，突然，感觉自己的语言被人所控制。

他觉悟时，已经暴露了自己很多的信息，至少暴露了他就是被满城通缉的透明人。

利达已经意识到自己暴露了透明人的身份，忙上前追问神态自若的苏菲娜医生。

"你刚才听到了什么？"

"当然，你说了很多，你说你是透明人，而且你不想伤人，是一股神奇的力量在控制你。你说得很对，谢谢你让我们找到了藏在你体内的混血基因。"

苏菲娜医生说到这里停顿了一下，她想看看对面这个男人的反应。接着说，

"下一步，我们将要为你动手术，透明人，还需要你的配合。这样才能挽救你。"苏菲娜说完，用见到曙光般的那种可望而不可即的眼神看着眼前的利达。

"NO，NO，NO，我想你一定是搞错了。"利达听完，连忙后退了两步摆摆手表示反对。

"你必须配合我们，你身体内感染了混血基因，你本来是一个完美的男人，也有自己幸福的生活。但是自从你感染了这可怕的血液后，你整个

人就变了，变得不认识自己，变得脾气暴躁，变得没有人性。但这一切就像你所说的那样，其实你也不想这样，都是不受控制的被利用。你该醒醒了年轻人，让我们来帮帮你。"苏菲娜动情地劝说着利达，在苏菲娜医生看来，现在是一个绝佳的时间，错过了，很有可能还会伤害无辜的人。他也永远活不出真实的自己。

"不可能，这不可能。我什么都没说，你们在骗我，是的，你们每个人眼神里传递给我的是不相信这一切是真的。"利达摇着头不敢相信刚才自己说了很多暴露自己身份的话，无意识地向后退了几步。

"难道真有东西在控制着我？"利达边后退边自问道。

"看到了吗？这个挂在我左胸前的虎头卡可不是装饰品。它是专业的测谎仪，在他面前，任何人都免不了要说真话。请不要忘记，这里是魔法医院。"苏菲娜医生轻抬眼皮看着年轻人，希望他不要再反抗了。

那个挂在苏菲娜左胸前上的虎头开始了一阵狂吼，向利达示意他的主人不可侵犯。

利达好奇地看着苏菲娜医生，看着朝自己吼的虎头，他不知道眼前的这帮人接下来会对自己做什么？只是内心觉得有些恐慌不安，一种不祥预感笼罩在他的头顶，直觉告诉他此时此刻自己的处境异常的危险。

他也意识到了这一点，正绞尽脑汁地想着逃离的办法。

"有什么办法呢？"利达一边思考一边急忙将目光躲开那个一直盯着自己的虎，以免自己还没有想出来就被它识破。

想到此时，利达突然想到了躺在病床上的那个和自己有某种牵连的病人，于是会心地笑了一下，正好被细心的苏菲娜看见。

"你在笑什么？年轻人。"苏菲娜看了一眼利达，注视着他接下来的举动。

"他死了？"利达指着病床上的贝利。

"你在说他？"苏菲娜将眼神移了过去，病床上平静如一潭死水，苏菲娜这才有所知觉，为什么那个病人一直躺着睡觉，每次给他做检查生命体征平稳，心跳平稳。

想到想着感觉不大对劲，苏菲娜快步走向病床前，身后的随从都贴了过去。大家将目光放在了病床上孩子的身上。苏菲娜若有思考的想着什么，一句话也没有说。

利达见机会来了，只有自己离病床更远一些的距离。于是趁着三个医生没有防备赶紧溜了出去。

围在病床最外面的一个女护士第一个发现利达溜走了。

"他不见了！"一个随从护士转身的时候发现刚才那个还站在原地的利达突然不见了，急忙告诉苏菲娜医生。

"该死！"苏菲娜快步地跑出房门左右环视着走廊，已经是人去楼空，隐约看到几个病人在走廊里走来走去。

"大家分头看看，发现目标及时通知我。"苏菲娜吩咐完就回到了自己的房间，她关紧房门，好像是要思考着什么。

但就一会儿工夫，她急忙开门走了出来。

有些失望的苏菲娜快步走到医生办公室，大家都在各自忙碌着。有的医生仔细地看着病历单，有的医生借助魔法的神奇力量学习医学新知识，一时间，满屋子针头、酒精棉球、手术刀、氧气管飞来飞去，寻找着各自的岗位。

直到苏菲娜主任进入办公室后，刚才还凌乱的场景瞬间变得整齐有序了很多。那盆很老很老的发财树也吃力地挪位回到原来摆设的位置。

待一切平静后，苏菲娜意味深长地向同事说：

"大家不能忽视这件事，想必已经有人知道贝利的长时间休克是怎么一回事了。但作为我这样的角色，不得不去唠叨这件事。你们这段时间也都在报纸上看到过有关透明人恶意伤人的报道。事实上，他也不想这样做，你们刚才也都听见了。你看那小伙子英俊潇洒，他能是一个整天做坏事的人吗？相信你们听后都会说不，当然我也是这样的回答。"

"其实他并不可怕，可怕的是他身上感染了来路不明的混血基因，我可以肯定，这种基因是真正导致，刚刚那个跑掉的年轻人杀人的罪魁祸首。但他又是怎么感染上的呢？他又是怎样做了混血基因的替死鬼？"

苏菲娜医生停顿了几秒，她好像在用力思考着什么？然后又慢慢道来自己正在思考的问题："谁碰到这种混血基因就会潜伏在谁的身体上，混血基因的病毒要用新鲜血液来维持能量，所以混血基因才指挥年轻人不停地去杀人，这样的推断我想应该是成立的。"

"相信那个年轻人之前一定来病房看过病人。"苏菲娜医生好像突然想起什么，叫了一声，"谁负责病例库查询，给我一份资料。"

"是我负责。"一个巨胖的女护士萌萌地站在苏菲娜主任医生对面，举手打着招呼。

"前几天我去给一个老太太输血，她称自己的儿子很久也没来看他了，她觉得很奇怪，她还说……"巨胖女孩讲出来磕磕巴巴，因为她此时此刻正在努力回忆老太太说给自己的话。

"是不是记得不是很清楚了？慢慢想？想起来了接着说出来。"苏菲娜看着吃力的巨胖女孩，安抚她、指引她回忆。

"哦，想起来了，老太太还说，她的儿子长得很英俊，也很孝顺她。她觉得儿子的离开很突然，开始她想报警找儿子的，可后来她说，儿子会回到她身边的，会的，就这样每天在病房里等着儿子回来陪她。"巨胖女孩说完，往前走了几步看着苏菲娜医生，"苏菲娜主任，我能想到的就是这些了。"

"我想他们是母子关系，至少那个年轻人值得怀疑。"

苏菲娜听完，不假思索地聊了聊个人的想法，看来自己的怀疑已经站稳了脚跟。

"听你刚才那么讲，我断定他就是老太太的儿子。"

苏菲娜不假思索地肯定着："可以考虑，那小子来看他母亲的时候，基因是从贝利的身体移向他的身体，后来变成了无恶不作的透明人。如果我的推断没有错，接下来就是找到那个透明人很关键。"

"所以那个躺着的男孩一直睡觉不醒？"人群里传来另一位大夫的推测声和代表多数人对贝利的现象之前一直无法解释，这才忽然释然了全部明白了过来。

"原来是这么回事？太不可思议了！"那个大夫继续解开其中奥秘，苏菲娜主任没有打断他推断的意思。在一旁也静静地听着不同意见。

苏菲娜看着那一双双解开谜底的眼神，心里由衷地感到了一丝丝安稳。

心想，幸好没有拿那个男孩去做解剖研究，不然利达可真的就回不来了，也让一个母亲永远的失去自己的儿子。

苏菲娜庆幸着遇见的利达，但此时，她更想知道刚才那个年轻人什么时候才能再回来？她开始祈祷控制他的血液作怪，希望早一点再见到他。

"苏菲娜医生！苏菲那医生！"年长的男医生看着苏菲娜医生一动不动站在原地发呆，就上前拍了拍她的肩膀。

"您没事吧？苏菲娜主任。"巨胖女孩见主任静静地看着一个地方不说话，担心地走过来询问着，她明显没有感觉到那个男医生没有叫醒走神的苏菲娜医生，所以上前自己喊两声试试。

"哦！不好意思，我可能是太过集中去思考这些问题走神了，对不起，大家可以各忙各的了。"苏菲娜不好意思的看着大家，这才缓缓回过神来。

"这一切看上去听上去简直太奇妙了，多希望苏菲娜主任给我们解释一下这种现象，好让大家丰富点医学知识。"1.8 米身高的大汉实习生，求职的欲望让他向苏菲娜主任追问着，处于对知识的渴求，也是满足好奇心。

苏菲娜主任看出了这个实习生的心愿，走过来，拍了拍他的肩膀，"永远保持好奇心很好，他可以让你成长得更快。看大家这么有兴趣，那我就和大家聊聊，分享一下我掌握的一点知识。"

苏菲娜主任边说边走到人群中间，希望每个人都可以听得见。

"混血基因在转移到一个人的体内时，发现这个人身体不够强壮，基因就会立即自行寻找更加强壮的人，而将自己的混血基因神不知鬼不觉地转移到他的体内，基因才会更加强大。

"当然，基因也不是万能的，他在没有足够的鲜血供应的情况下也会暂时失效，一旦获取了新鲜血液马上恢复了威力。"

"混血基因为了维持自己的能量，就要不停地去杀人。"

"但混血基因只想到找一个身体强壮的人，忽略了他的善良。所以，你们在报纸上看到过透明人杀人后，有掉泪的情况出现。而混血基因的转移，仅带走贝利的正常基因，他的躯体还是活着的，他依然有呼吸，依然有心跳，只是长时间的处于休克状态，很让人误解他已经死掉。如果他想苏醒过来，只有等贝利身体内的正常基因被移植回到他的体内，贝利就会立即复活。而之前做过的事都不会记得。"

"正是因为这些基因和人类的基因交织在一起，才形成独一无二的混血基因，这种基因很强大，威力无比。"

"大家如果再遇到这种情况，只要不去激怒他，一般是不会有事的。这就是为什么那个男孩子一直睡觉，而生理一切正常，这也是混血基因的功劳。用好了地方他可以救人，用错了地方他会成为无恶不作的破坏力量。值得庆幸的是，每次当混血基因威力减弱的时候，那个感染了混血基因的感染者还隐约地能认识自己，这一点很好，我们要想办法拯救他。"

"看来这是一个帮助安保局缉拿凶手的绝妙机会。"一个医生说。

"他们不是一直公开寻找透明人的线索吗？我想，谜底大家都知道了。我们可以反映情况，通报给安保局和贝利所在的魔法学校。苏菲娜医生，您的意思呢？"男医生表达着自己此时的想法，征求着主任的意见。

"我正有此意，很好，非常好！现在就派人去通知。"苏菲娜医生讲完，看着大家刚才还惊讶的眼神变得安静了许多，就知道自己的解释每个人都听懂了，每个人也都知道接下来做什么。

苏菲娜医生轻轻地叹了叹气，如释重负地甩了甩因长时间特定姿势已经有些僵硬的手，走了出去。

留在病房内的人都惊讶苏菲娜医生将整个大家看不懂的事件作了详细的分析，心里都默默地佩服着。静下心来后，大家的担心又再一次聚焦在了这个眼前可怜的孩子贝利身上。

希望他能够好起来，也都希望被基因感染的利达能够回到自己母亲的身边。

每个人都祈祷着，想着，思考着。

第十五章　医院的秘密

猫人斗士因为得到了魔法学校大怪莫尼和他的小伙伴们的支援，每个人心里暖暖的，大家都很期待来自魔法学校魔法师的援助。

这本来是一件好事，但屋内的巴克局长怎么也高兴不起来。

巴克局长在办公室内走来走去，看样子有些心神不定。因为在他看来，由于还没有摸清楚透明人的藏身之地，一时半会还下达不了抓捕透明人的指令，这让他心急如焚。

巴克局长很清楚大家对安保局的寄托，所有人都在关注着安保局。

一时间来自社会的议论，魔法学校的等待，上级的施压，人民群众的安危问题，如此繁重的一件接一件的事情压得这个稍显沧桑的男人，让他有点透不过气来。

看得出来，巴克局长的表情一直都有些沉重。

他不停地在办公室内走走停停，一会望望那个，一会翻翻这个，整个人感觉就停不下来，像是多动症的孩子。

但这一令人担心的现象，随着一声清脆的开门声，全部打消了。

一件悬浮半空中，自己推开房门的白衣大褂推开了巴克局长的房门。

巴克局长眼前的这个怪怪的东西，着实让他紧张得冒出了冷汗，他从来没有接待过一件外套。

无头无胸的白衣大褂进门后，转身关上了房门。

它轻飘飘地移到办公桌前，跟这里的最高长官打着招呼。这让巴克局长惊讶得差点掉了下巴。他一屁股坐在椅子上，等待着接下来发生的未知的事情。

巴克局长打量着眼前的白衣大褂，小声地问道，"你是谁？"

白衣大褂并没有马上回答巴克局长，而是有些担心地观察着身边的一切，最后目光停留在了一扇大玻璃窗口。巴克局长见状，明白了白衣大褂的用意，急忙起身来到窗边，拉下了窗帘。

"这下你可以回答我了。我知道你刚才是担心别人看到你这样子会引起恐慌，所以你一直盯着玻璃窗口，对吗？"巴克局长拉下窗帘，回到了座椅前。

"是的，巴克局长！我不想惊吓到外面的人，包括你。"白衣大褂边说边拉了一把椅子，让自己离巴克局长更近一些。

"你是自己来的吗？我是说你的主人呢？他没有和你一起来吗？"巴克局长不解地追问，希望得到其中的答案，好让自己悬着的心平静一些。

"我是自己来的，我就是主人。"白衣大褂说完，发出怪异的笑声。

"你来这儿做什么？你不会就是我们要找的透明人变的吧？"巴克局长说罢，掏出手枪瞄准了白衣大褂。

"我不是透明人，我是来给您捎口信的。您不要这么激动，我尊敬的长官，放下您手里的武器，您这样对待一个客人好吗？"白衣大褂说罢，跑到墙角处做着各种很气愤的动作，看起来很夸张，它在暗示，对巴克局长这样对待自己很不满意。

巴克局长看着眼前这个白衣大褂，看着它伤心的神情，思考或许错怪了它？这才慢慢收回了持有武器的手，慢慢平静下来。

但这时候，巴克局长想知道个究竟，便起身来到了白衣大褂的身边。

"对不起，白衣大褂先生，看来是我误会了你。真的很抱歉！希望你不要再难过，同时，也希望你原谅我刚才的莽撞。其实这一切都是透明人惹的祸，让我有心理阴影，我刚才错以为你就是透明人。对不起。"

显然，巴克局长的真诚道歉得到了白衣大褂的原谅。

它转身面对着巴克局长，情绪比刚才平静了许多。"谢谢你能诚恳地向我道歉，我也接受你的道歉了，这事情就过去了。我来和你说说我这次来的目的。我是玛特魔法医院的门卫，也是负责跑腿的送信员，苏菲娜医生让我来向你们反映透明人情况的。透明人前几天去过玛特魔法医院。"白衣大褂说到这儿，端起桌上的茶杯喝了一口茶，它显然是受到惊吓后身体缺水了。（在魔法世界里，白衣大褂是有头有脑的物体，只是普通人看不见而已。）

听完这个不知道是好消息还是坏消息的巴克局长，此刻最担心的就是透明人又闯了大祸。他想静静地等白衣大褂把事情的全部经过讲完，再考虑自己是该放声大吼庆祝，还是因如雷贯耳的坏消息将自己的精神瞬间击垮。

他看着白衣大褂，白衣大褂也面向他。

"来到玛特魔法医院之后呢？"巴克局长小心翼翼地询问着眼前的大褂。

"我不知道。"白衣大褂说罢，将自己挂在了进门处一角的衣帽杆上，休息休息。

"不知道？"巴克局长被白衣大褂的话给惊讶到了，摇着头一声苦笑。

巴克局长还要追问，就听见一阵打呼噜声音，明明办公室就他们两个人，怎么还出现了睡觉的呼噜声？

巴克局长顺着声音的方向找来，原来呼噜声是白衣大褂传出来的。

"真是奇葩，你吊着就能秒睡，还当门卫？"巴克局长苦笑着看着眼前的白衣大褂，一时无语，半天没缓过神来。

巴克局长也没有打扰它，让它继续睡。

但此刻巴克局长的内心活动异常丰富，他要凭借刚才白衣大褂说过的话来分析情况，看是否可以琢磨出一点透明人的蛛丝马迹来。

可巴克局长怎么想也想不明白，他还是没忍住，叫醒了呼噜声响彻房间的白衣大褂。

被叫醒的白衣大褂显然没睡够，忙打着哈欠，不情愿地移到巴克局长的身边。

"后面发生的事情我真的不知道了，我只清楚苏菲娜医生说，透明人来过医院。和苏菲娜医生有差不多十分钟的对话，后来就消失了。"大褂无精打采地描述着苏菲娜医生交代自己的话。

"苏菲娜医生和透明人对话？透明人后来消失了？"巴克局长让自己站直了身子，简直不敢相信透明人居然没有伤害苏菲娜医生。

"接着说，我越来越有兴趣了。" 巴克局长倒了一杯水递给了白衣大褂，希望得到更多的线索。

"我就是为透明人的事来的，但我不是来报案的。这次他没有伤害任何人。我来的目的是，希望你在抓捕他时，能留一条活命，不要杀了透明人。"

白衣大褂还没有说完，就被巴克局长打断了，"这绝不可能，没有人可以替它求情，它是整个人类的罪人，你为何现在替他求情，不让我杀了他？我会亲手开枪杀了他！"巴克局长扯着嗓门大声说道，完全有一种不杀透明人决不罢休的架势。说完，就将身子背对着白衣大褂，一副要送客的样子。

"不，不，不，你听我说完，你误解了我的意思了，你先听我说完，其实透明人他是个好人！"白衣大褂飘到巴克局长耳边，急忙解释。

"什么？你说他是好人？我不知道是他疯了，还是你疯了。你最好闭上你的嘴巴，从这里出去。要不然我不会对你客气的，白衣大褂先生。"

巴克局长还没有等白衣大褂把话说完，拔出枪顶在了那条飘浮的白布上。

"好吧！如果你感觉我很让你讨厌的话，你尽管开枪好了，但是我想告诉你，透明人他原本是好人，只是他的身体内流淌着坏人变异的血液。这些血液只要被取出来，一切就会真相大白。"

"坏人的血液？真相？"巴克局长迟疑了一下，收回了枪。他不明白这个家伙在说些什么，但事情已经变得越来越诡异。

白衣大褂眼看巴库局长皱眉思考，他急忙上前把事情前后经过，其中缘由讲得更加透彻。

"您好好听我给您细细道来，长官大人。确切地说混血基因是从一只外来物种吸血蝙蝠身上感染的。只要被这种基因传染上，正常人的身体就会被混血基因锁控制，唯一可以让他体内维持强大威力的办法就是不断地吸食人的新鲜血液，所以透明人才会经常杀人来满足血液的供应。他的确是一个该死的恶魔，但让我们所有人没有想到的是，透明人的身体内还有一个正常人。这个本性善良的正常人，本应该现在陪在生病母亲的床前，但就是因为感染了这该死的基因，让他变成了另一个人。所以长官先生，透明人不是一个人，他体内还活着一个好人，一个母亲的儿子，一个阳光般的大男生。准确地说，透明人是恶魔的灵魂，人的躯体。你要动手杀了透明人，那潜伏在他身上的基因还会传到另一个人身体上，而且再也救不活那个躺在病床上的魔法学校的学生贝利了。好了，我想说的就是这些。我要走了，还有更为重要的事情等着我去做呢。你好好想想该怎么做吧，长官先生。"白衣大褂说完，带着些许悲伤的神情，转身慢慢地移去，离开了办公室悄无声息，无影无踪。

办公室内，巴克局长陷入了沉思，他好像感悟到了什么东西，虽然一时说不上来，但他还是半信半疑。

他刚要张口去叫停白衣大褂，抬眼间却发现它已经走了。轻轻地，无声无息。

巴克局长再一次陷入沉思，在他看来，这个透明人第一次有善良的一面，但毕竟他是十恶不赦的恶魔，就算他不亲手杀了他，那其他猫人呢？这一次，如果让巴克局长遇到透明人，一切就要看造化了。因为在巴克局长看来，天使与恶魔的结果只有两个，要么透明人积极配合，一切宽大处理，如果对方拼死抵抗，只能死路一条。

"有人找您，罗丽丝教授！他就在门外。"地面走廊的地毯跳着舞，向主人报告着门外的情况。

"好的，我这就来。"罗丽丝教授放下备课的书本，走下了台阶，沿着地毯向深处走去。

同学们看着罗丽丝教授的背影，都在交头接耳地猜测，"是不是提前抓到了透明人？"

大门在罗丽丝教授应声而开时，眼前出现了惊喜的一幕：无数个小白布组成的乐团奏着欢快的歌曲，在白衣大褂的两侧簇拥着它。

"您好，罗丽丝教授！见到您很高兴。"白衣大褂深深地向罗丽丝教授鞠躬致敬。

"不用这么客气，白衣大褂先生。"罗丽丝教授扶着它的衣袖，一起向课堂深处走来。

魔法师同学们被这欢快的曲子感染着，禁不住地跟着摇晃着身子，用掌声欢迎着眼前的这位不速之客。

白衣大褂像是走星光大道一样被学生们注视着，掌声和尖叫声混为一团。

就连餐盘里的糖果也变得有些不安分起来，份份手拉着手跳起了踢踏舞。

这一刻，没有人想让它停止下来。

难得欢快的舞曲在延续了几分钟后，白衣大褂宣布停止了临时的舞会，他来到了罗丽丝教授和孩子们的面前。

"好了，好了！还要办正事，你们可以回避了，孩子们！"白衣大褂说完，扬手间那些前呼后拥的小白布闪成一朵花，随即消失在了人们的视线。

"是苏菲娜医生派你来的？"罗丽丝教授像是见到了老朋友一样亲切地欢迎着，好像在期待他带来更多贝利的好消息。

这个学生去魔法医院做个小手术已经很久没有回来了。罗丽丝教授欣喜地以为是自己学生出院的好消息。

"是的，罗丽丝教授，您的学生贝利的主治医生苏菲娜主任派我来见您。"白衣大褂看着眼前这位年长的老人，实在不愿意马上开口告诉他，他的学生贝利在医院被感染混血基因的糟糕事情。

他在等一个合适的时机，至少他可以确定罗丽丝教授听完后不会太激动。

但对罗丽丝教授而言，自己的学生贝利就算出院回学校，也不用医院派人来报信，于是，罗丽丝教授隐隐觉得事情不妙，也不知道是好消息还是坏消息。

心急之下，罗丽丝教授试图打听白衣大褂这次来的原因："是为了我的学生而来，是他要出院的好消息，或者说他比之前情况更糟糕？"罗丽丝教授说罢，看着新来的朋友。

"其实，您的学生贝利情况有点糟糕。"白衣大褂的语音刚落，教堂里就是一阵骚动，大家纷纷议论了起来，大家都在为贝利担心着。

白衣大褂看魔法师们有些躁动，将自己悬浮在半空的身子拉高了一些，安慰大家，"安静，安静。不过也没有什么大不了的，只是这个故事听起来有点曲折。贝利他只不过是在长眠而已。等你们抓到那个透明人，贝利他自然会醒过来的。"对于自己杂乱无章的讲话，弄得这些魔法师们一时摸不着头脑，相互视望。

"你在胡说些什么？什么长眠？什么抓住透明人贝利就活过来，难道贝利的长时间睡眠，还由透明人来控制不成吗？"皮特生气地站起来指责白衣大褂的语言含糊其辞，为同学贝利鸣不平。

"我们可以去医院看望他！"大怪莫尼站起身来，代表一部分人的心声说着心中的惦念，微笑着看着眼前的白衣大褂。

白衣大褂见是大怪莫尼，忙上前伏下身子与他握手。

"你好！大怪莫尼先生，很高兴见到你，你知道吗？每次见到你我都特别地开心，上次见面是在医院的病房对吗？你正在用水果刀为贝利削苹果。然后我就跟着打针的医生，推着药车进了屋。那是我们第一次相见。当时我的形象还吓了你一跳。你还记得吗？大怪莫尼先生！当然，你的好朋友贝利很好，他只是睡得很踏实，很快就醒了。"白衣大褂想起了第一次见到大怪莫尼的场景有些激动，像是好久没有相聚的恋人一般，白衣大褂紧紧地握住大怪莫尼的手，许久都没有要放开的意思。

大怪莫尼也在几次收手失败的情况下，不得不将自己的手先租借给眼前的这个聊起来没完没了的无头使者。

听着他俩的对话，教室里刚才还躁动的情绪安静了许多。

罗丽丝教授也平复了一下心情，走上前来，轻轻地拍了拍白衣大褂的肩头，待白衣大褂松开大怪莫尼的手转过身来时，一个魁梧的身体已经站在了他的面前。

罗丽丝教授微笑着说："您是远道而来的客人，应该上前面的讲台去坐，那有沏好的上等茶，可以来品尝一下。"罗丽丝教授一边轻言相劝，一边用手指着白衣大褂向讲台前走去。

在罗丽丝教授看来，任何扰乱学生上课的行为都必须立即中止。

"你知道我还带来一个什么好消息吗？猜猜看，绝对令人鼓舞的好消息。"这是白衣大褂落座后，开口说的第一个好消息。

"我不想猜了，我也不知道你到底想说什么？你如果带来了好消息，那就快说出来吧！让所有的人都跟你一起分享。"罗丽丝教授一边手里捏着一朵朵魔法实验课用到的烟花一个个点燃放飞，一边谈着自己的观点。

魔法师们跟着罗丽丝教授做着相同的实验。他们中有的魔法师学得快，有人学习得慢一些，但最后都完成了整个动作。

只有白衣大褂此时显得格外无聊，看着眼前神奇的一切。

但他不能等，他要尽快完成告知罗丽丝教授学生贝利正在遭遇的事情，然后返回玛特魔法医院。

"那好吧！我不想吊任何人的胃口。我自己也挺着急的，是这样的，贝利体内感染的混血基因，传到了一位年轻力壮年轻人的体内，再然后年轻人就变成了透明人。这一切都是因为玛特魔法医院突然闯入一只来路不明的吸血蝙蝠造成的。见鬼，后来就再也没有遇到过那只留下混血基因的蝙蝠，也或者他就藏于年轻人的体内一直控制着那个发怒时变成的透明人。我们尽快要找到他，取回原本属于贝利体内的一切基因。否则的话，贝利就保不住性命。还会有更多的人将被感染上所谓的'混血基因'。怎么样！绝对是你之前想都想不到的答案吧！我们也是这次在医院内寻找那些丢失的基因时，无意在贝利的病房遇到透明人才发现这其中的不解之谜。"

"那透明人为什么要去贝利的病房？"劳尔突然站起身来打断白衣大褂的谈话，问了一个所有魔法师都关心的问题。

"你这个问题问得很好，也是我刚想要说的。看来我们之间很有默契感！"白衣大褂总是这样无休止唠叨。他可不曾想到，眼前的这位魔法师，给了自己一些突来的尖锐话题。

"你们医院的人都像你一样，在谈正事的时候，先要来一段废话的开场白吗？"科比的语言直白又尖锐，这让满堂的魔法师顿时笑声一片。

白衣大褂一看自己被当成了笑料，推手向后移动了身体，沉默地看着眼前这个非常没有礼貌的孩子。

"科比，注意你的言辞。他可是我们的客人。"罗丽丝教授见状，指正科比刚才对白衣大褂的不礼貌。

"哦，对不起罗丽丝教授，我并没有故意冒犯。"科比低头承认错误。

看到大家彼此很尴尬，大怪莫尼起身帮着解围。"我想科比并没有刻意抵触你，你不用想多了白衣大褂先生，罗丽丝教授可以作证。"

"很好，大怪莫尼，你做得很对，我可以作证，我的学生的确没有故意冒犯你。"罗丽丝教授摸着大怪莫尼的头，鼓励他很懂事。

"他只是觉得你有点啰嗦。"克里的直白点中了白衣大褂的要害。

白衣大褂见这么多的反对，又不想自己太尴尬，自嘲地说："没想到自身的缺点被一个魔法学校的学生发现了，我刚才沉思良久，为的就是在思考过去生活中太多的啰啰嗦嗦，其实我完全可单刀直入，开门见山地说。可是这么多年都已经养成了习惯，一时半会儿我想是改不过来了。但今天既然指出我身上存在的缺点。我想下一步我会努力让自己不那么太多废话。"

白衣大褂感觉自己以牙还牙的目的达到时,这才转身面对着身旁的罗丽丝教授。

他对刚才这位学生的感受还是忍不住要说给罗丽丝教授听,心眼小的一点都不想吃亏,虽然科比也不是一个好学生,但此刻白衣大褂显得没有一点风度。

"你的学生真是有眼光,嘴皮子厉害的程度不知是上了哪一门课程修炼成的。是演讲与口才吗?要真是这样的话,有时间我也加入这个听课的队伍中。罗丽丝教授,您看怎么样?"白衣大褂几句讽刺的话语,显然是对科比刚才的话一百个不满意。

罗丽丝教授看出白衣大褂的心情,看在和苏菲娜医生的交情上,便主动上前一步向他进行解释和道歉。

"对不起,我的学生一时口无遮拦冒犯了您。还希望看在我的面子上原谅他。他还只是个孩子!"

"好吧!既然是罗丽丝教授出面调解,那一切就让它过去吧!最后,我只想再说一句,希望更多的魔法师,能向大怪莫尼一样!受到很多人的喜爱和尊敬。就这些!"白衣大褂说完,用赞赏的眼光瞟了一眼课桌前的大怪莫尼。

大怪莫尼被这突然到来的赞美搞得不知所措,这种情况下,他除了对着白衣大褂面带微笑,最好的方法就是沉默。

教室内大家起身为大怪莫尼鼓掌,可他怎么也高兴不起来了,科比虽然平时对自己也不算友好,但毕竟是自己的同班同学。刚才他们两个人斗嘴,所有人都看在眼里,此刻大怪莫尼可不想这个时候选择站边。他依然微笑着低头不语。

"看看我们的大怪莫尼先生，还不好意思了。"白衣大褂见大怪莫尼低头不语，上前来一看究竟。

"我们来一个拥抱吧，大怪莫尼先生。你是一个善良的好孩子。"白衣大褂说罢，即上前去拥抱大怪莫尼。

"等一下！"大怪莫尼突然用双手挡住了白衣大褂靠近自己，目光移到了科比身上，"来，科比。我们一起。"

"说我和他一起？我可不想和一个没有脖子和脑袋的人拥抱，我担心晚上做噩梦。"科比的话深深地刺痛了白衣大褂，他暴跳着身子反击科比。"你是个坏孩子，没有人喜欢你的。你这样对待一个客人，简直是太没有修养了。你就是魔法学校的耻辱。"

科比听完这些话，气得满脸通红，手持魔法棒将白衣大褂变成了一只没有毛的烧鸡，引得同学们哈哈大笑。

罗丽丝教授见状，立即用手中魔法棒教育了爱惹事的科比，科比这才停下手中的动作。

罗丽丝教授用魔法还原了白衣大褂，刚才那只舞动着身子全身没有毛的鸡随着一道闪光不见了踪影。

恢复样貌后的白衣大褂依然不肯善罢甘休，他一肚子怨气撒在了教室内。"我好心来给你们报信，结果我被无情地羞辱，我要回去告诉苏菲娜医生，我要告诉所有人曼格顿兹的学生有多么不平易近人，不友好，那么的骄傲，简直是气死我了。"

罗丽丝教授很生气的走到科比身边，告诉他这件事情不应该。"我很尊重你的表达，科比，但是我们要注意言辞，不要去冒犯任何人。就像是你的父亲我的上级主管拉库局长一样，做个善解人意和言语谦逊的人不是更好吗？我的孩子。"

"谢谢您的指点，罗丽丝教授，我去向他赔礼道歉。"科比听进去了罗丽丝教授所说的含义，愿意主动向白衣大褂先生赔礼道歉。

"对不起，白衣大褂先生。刚才多有冒犯，请原谅。"科比说完，诚恳地弯下腰行了一个礼。

"其实，其实没什么！知错就改是个好孩子！来吧，我们应该拥抱一下。"白衣大褂被科比的诚意道歉打动了，他愿意放弃前嫌和这个孩子重新建立友好关系。

拥抱在一起的两个人听到了身边的掌声。

大怪莫尼看在眼里心里很高兴，走上前分别和白衣大褂和科比拥抱了一下，祝贺他们原谅了彼此，重归于好。

罗丽丝教授也喜笑颜开，所有的魔法师都满心欢喜。

借着这个欢喜的时刻，白衣大褂怎能放弃用特别的方式庆祝一下呢！只见白衣大褂顺势一个弹手的姿势，刚才那些消失的乐队又重新回到了人们的视线，在教堂内开始了即兴表演。

教堂内瞬间热闹非凡，每一个人、每一个生命体都被感染着。

所有的魔法师即兴加入这一场没有排练的欢闹乐舞中，每个人、每个物体都在欢快的跳着，唱着。

旋律优美的音乐声响彻整个魔法学校，这声音一直传到魔法教堂外很远的距离。这边河边散步的鸭子也闪闪起舞，那边田间青蛙放开歌喉，所有的音律，万物像是有了之前的预兆在各自的岗位，听着那魔法教堂传来的优雅乐曲，一起欢乐地摇摆，它在不停地变换着姿势，时而金刚怒目，时而菩萨低眉，乐曲声还在进行着，夕阳悄悄地降临，迎接他们的，是谁也不知会发生什么事情的明天！但此时此刻一切看上去都很美好。

夜幕降临时，白衣大褂也已经完成了任务返回玛特魔法医院。夏利有希望了，利达有希望了，一切看起来都有希望了。

第十六章 魔法降恶

　　大东方购物大厦七楼的商铺走廊、因为大提琴海保险公司事件，出门逛街的人越来越少，利达一早就按时上班，他将自己打扮得干干净净准备迎接第一位客人。

　　三三两两的路人经过，利达无聊地和别人打着招呼。路人虽然不认识他，但还是被他热情的举动打动着。

　　与其他店铺的伙计不一样，利达看起来总是很开心的样子。

　　利达热情好客和商场的安静形成了巨大的差异。

　　虽说他的热情博得了路人的欢心和赞美，但对整个商场的生意来说，已经是前所未有的惨淡，这种现象已经持续一段时间了，所有的商户都高兴不起来。

　　利达的老板娘是个追赶时尚和新潮的都市女性，可自从这座城市接二连三地发生命案，自己每天担惊受怕，自家店铺的生意也是一落千丈。

　　利达的老板娘自然便打不起精神头来，这里的所有人都是一样。

　　她习惯每天早晨吃完早餐来上班，时间大约是每天清晨的九点整，可今天老板娘来得要比平时早一些，远远看去就很生气的样子。

　　利达远远地向老板娘打着招呼，希望她能每一天开心地笑，挺过这次难关。

　　谁知老板娘没有理采，将一张最新的报纸扔在了利达的面前。

　　她带有抱歉地口吻说。"对不起，利达。我这里不能再留你了，你还是去别的地方上班吧！我知道你的工作干得一直都很优秀，可是现在的情

175

况，你也都看到了，一点生意都没有，我想我只能裁员。"老板娘说完，放下挎在肩上的包，看上去好像很累的样子。

利达听完解雇自己的消息，心里有种说不出来的滋味，他沮丧极了。

他随手翻阅老板娘丢下的报纸，假装什么也没听见。

原因是他不想丢掉这份他喜爱的工作，可报纸的一端巴克局长的出现，令利达有些心神不安。

"这是哪来的报纸？他在说些什么？"利达边说，边将手里的报纸递到老板娘的眼前。

"这是安保局的巴克局长，他在向全城的市民发布悬赏到安保局投诉透明人藏身之地的举报电话。如果我要发现那个搅得市民人心惶惶的家伙，我肯定第一时间打举报电话。就是因为他的出现，我的生意赔进去了不少钱。还有你，要不是那个透明人害的人们不敢出门购物，我今天能赶你走吗？好了，你也不要难过，我的意思是，等猫人斗士们把那个混球透明人绳之以法后，等人们都可以放心的出门购物时你再来上班，我随时欢迎你。"老板娘接过报纸先是一阵陈词滥调地发着牢骚，接着安慰因要丢失工作心情不是很好的利达。

看来老板娘还蒙在鼓里，像利达这样开心好动的人，心情不好会简简单单是因为丢失工作吗？

利达没有说什么，只是内心惭愧自己也欺骗了老板娘自己的真实身份。他沉默了好久，究其原因，恐怕也只有他自己知道。

利达掩饰着自己的情绪，他不想让任何人怀疑自己的离开，当即装出若无其事的样子，凑到老板娘的身边，低下头微笑着轻声说："好吧！我可以走，但我想带着这月的薪水一起离开，因为我要生活，OK？"利达所说，正是老板娘心里所要想的。

她本来还在想找什么理由辞掉利达，没有想到利达能这么痛快地答应下来，于是从皮包里取出一沓钞票塞进了利达宽厚的手里。

“谢谢！我会想你的！每一天，对，每一天。”利达接过钞票，转身向其他柜台的女生告别，“我去出差，过两天就会回来。”他不想给大家带来失落的感受，一个人忍受着只有自己知道的滋味扬长而去。

安保局的会议室内，巴克局长当着众猫人斗士的面发着牢骚。

开会之前，巴克局长刚刚接到过市长打来的热线。

“大家早上好！我想说的是，市长刚刚与我通过电话，要求尽快抓住透明人，这里一切的秩序要在三日内恢复正常。我当时想说，你站着说话不腰疼！我上哪儿去找透明人？他已经有一段时间不曾出现了。可是……可是……市长的命令不能违抗，我只有乖乖地说，是的！请您放心市长。我们一定会在三天内抓获透明人的，让一切恢复正常。”巴克局长带着巨大的压力面对着自己的下属，心情看起来真的很差。就像是刚刚受了很大的打击一样。

“你说我这不是自找麻烦吗？我上哪去找那个透明人去。”巴克局长边说边摇头，感觉自己都快崩溃了。

他回忆着会议前接到的电话，一边抱怨着上级给他的巨大压力。“我当然希望尽快抓到他，最好是现在。我会对他说，不许动，你现在被捕了。”巴克局长这种和下属在例行会议上幽默式的交谈，还原着市长和他的对话，他虽然表现的很若无其事，但很多人还是能够看出巴克局长身上的压力，这一次所有的人都在心疼着巴克局长，都想为他分担。

会议还在继续进行着。

“根据市长的指示，我现在命令大家会议结束后，三日内全部人员出动给我找到那个家伙！任何蛛丝马迹都不能放过。我已经向媒体公开悬赏缉拿嫌疑犯了，三日内如果提供线索让我抓到嫌犯，重金奖励 10 万美元。当然，你们谁抓到嫌犯，我们内部也会有奖励，至于什么奖励，让我好好想想，回头再宣布。"巴克局长下达着命令，希望三日内大家有所收获，自己也好给市长一个交代。

他吩咐完任务后，起身最后鼓励着大家"噢，看来我还是先回自己的办公室，然后倒上一杯淡淡的茶，一边等待你们的好消息。"巴克局长一边说着，一边推开了办公室的房门。

没有想到的是，利达就坐在他办公的板椅上悠闲地前后晃动着身体，一副公子哥的架势，丝毫不觉得害怕。

巴克局长被眼前的这一幕还是吓呆了。

原来奋力要找的人，就坐在自己的办公室等着自己，这不请自来的架势还真是把巴克局长给唬住了。巴克局长手死死地抓住门把，没有要进屋的意思，他不知眼前所看到的是幻觉，还是现实中就要抓捕的那个人，现在的气氛看起来也越来越紧张。

由于巴克局长推门而不入的怪异举动，一时引来过路下属对他的注意，纷纷放下手头正忙着或准备要忙的工作，围拢了过来。

猫人甲看到局长的怪异行为，忙上前探个究竟。"局长先生，您这是怎么了？为什么不进自己的房间？"猫人甲说完，将手插在了裤兜里，和所有的人一样，用期待的眼神盯着眼前的巴克局长。

每一个人都觉得巴克局长有点反常，明明已经推开了自己的办公室房门为什么不进去？当所有人都在继续注视着巴克局长的时候。他一个脚轻轻跨进房间，回头看了看大家，然后叮嘱大家："请暂时先不要敲门打扰！"巴克局长走了进去，快速地进屋关上房门。

没有人知道巴克局长要做些什么？更不会有人猜得到巴克局长在想

些什么？就这样，每个人带着一脸的疑惑，依依不舍地回到了自己的工作岗位，开始了新一天的工作。但只有一个人，猫人甲默默地在房门外的不远处守候着，在他看来，巴克局长的反常举动一定另有隐情。

巴克局长的办公室内，只有利达和巴克局长两个人，开始并没有谁想先说话，还是年轻一点的利达开了口。

"噢，巴克局长，我们有一阵子没有见过面了，你知道吗？我已经在这等了你很久了，刚才推门看到我的时候是不是很惊讶？但你放心，我在不发火之前，是不会伤害到你的，所以你最好能够让我心情愉悦。" 利达西装革履地打扮将自己衬托得特别有绅士的风度。可一张口说话，看上去怎么也是个粗人。时不时地还暗中提示巴克局长最好不要惹他发火。

"是的，让你久等了，我们就像是很久没有见面的老朋友，在我打开门看到你的时候，我是多么满心欢喜。所以才迟疑了一会儿，你可不要多想啊年轻人。"巴克局长清楚硬来只有两败俱伤。所以，他要让自己在利达面前演戏，他在拖延时间的同时，想着其他一些更好缉拿凶手的办法。

但让巴克没有想到的是，利达对他的亲和态度不但没有顺应，反而声嘶力竭地不买他的账。

"你行了吧！谁和你是老朋友，我们只见过一面，而且之前还亲自杀了你的下属，你这么说只是不想惹怒我而已，但你的目的是要现在抓到我，然后将我绳之以法，对不对巴克局长。"利达的话句句见血，让见过大世面的巴克局长紧张得一身冷汗。

"不是的，下属的事情已经过去了，我喜欢看未来，不喜欢追究之前的恩恩怨怨。"巴克局长容不得思考太多，能做的事情就是尽量安抚眼前的利达，然后再找下手的机会。

"不要再骗我了，你知道你在背后做了一些什么事。报纸，报纸你知道吗？你在报上发表讲话让大家举报我。对不对？是不是有这么一件事，你说，我让你现在就说。" 利达情绪愤怒地盯着巴克局长，像是一匹脱了缰的野马，随时都有爆发的可能。

巴克见状，故作无辜地抽动着脸，然后让自己马上赔着笑脸尽量安抚利达，因为他知道时间是最好的武器，稳住的时间越长，透明人被抓到的可能性就越大。

巴克局长灵机一动看着利达，"那只是作秀！"

"作秀？" 利达看着眼前佩戴勋章的安保局最高长官，自己怎么也不相信。

"是的，作秀。因为我的职业必须让我这么做，要不然我该下岗失业了，我可不想还没有做出成绩来，就被人赶下台。至少……"

"至少怎么样？"利达着急地插了一嘴，想知道巴克局长接下来的答案。

"至少让这座城市恢复以前的正常，人们可以大胆地出门购物。不必在去担心有人会伤害到他们。"巴克局长一边说，一边话里暗示眼前的利达，你的好景不长了。

"你是在变相地说我，也只有我，才使得这座城市不得安宁。其实我也不想，你还是问问我身体内的混血基因吧。他是怎么一直控制我的，杀人对我来说一点兴趣都没有，我也想知道为什么一发火就完全控制不住，好像永远被一个东西所控制。我知道你永远都不会明白我在说什么！所以我也不怎么抱着你们能够解救我的希望。" 利达很认真地描述着自己的经历，显然记忆力已经不是很全面了，但还是让巴克局长突然想起了白衣大褂所留给自己的话，心里默默念着"原来这一切都是真的。"

"你在想什么？看来我该走了，在这里，总是让我提不起精神来。"

利达说完，起身就要跳窗户走，被巴克局长上前劝了一步。

"不，利达，以前是我错怪了你。通过你刚才的口述，和我前些日子所听到的，我认为你本身不是一个坏人。是潜伏在你身体上的那个混血基因害了你，你应该配合我们。一起去把它切除掉。你的离开，还会让更多无故的人受到伤害。今天你无论如何都不能走，答应我留下来，我会保你平安无事的利达，我们想救你，就是这样。"

"不！你们这些猫人没有一个说真话的。"利达没容巴克局长把话说完，便跃身从窗口跳了下去准备逃跑。

巴克局长没有让自己停留一秒地随着利达跳窗后跑出房门，严肃地下达了抓捕透明人的命令。

"是他，透明人，刚从我办公室的窗户逃走了，快行动起来，别忘了向魔法学校的方向放烟花请求援助。"巴克说完，本来就躁动的安保局变得更加沸腾了起来。

所有人在巴克局长下达命令的那一刻才知道刚刚房间里发生的事情，想一想都觉得后怕。

没有人在这十万火急的时候怠慢一步，仅仅不到一分钟的时间，整座城市的每一个角落就被出动的警力包围了。

飞行器在空中来回的悬浮搜寻着透明人的影子，陆地上的猫人斗士也在疯狂地四处奔驰，大有抓不到透明人不收工的坚决气势。

海面的游艇也做好了待命的准备，随时配合陆、空实施抓捕，每个猫人斗士也都严阵以待保持警惕。

透明人也在无路可逃的地步出现了，他正在大桥中央斜拉索支架的最高处张望着猫人的举动，不远处同时飞来的四架飞行器正冲向了自己。

透明人心想肯定是来攻击自己的，他飞身跃起直冲了过去，一架快速俯冲而来的飞行器被不幸地惨遭手脚，弄得机毁人亡，其他三架飞行器向各自方向慌忙躲避，调整状态重新对透明人进行攻击。

透明人身手敏捷地躲了过去，向安全一些的方向逃去。地面围堵的汽车随即在指挥战机舱内猫人甲的指挥下向透明人的方位集体赶去。

催命的警报声响彻全城，人们又陷入了恐慌中。

眼下，透明人清楚只有自己才能救自己，他修正眼神的那一刻让自己想了一下更好的解决办法。

也许是想好了，透明人站在了大街的中央，两边除了高楼林立的大厦外，左边的人行道上一位正戴着墨镜慢步行走的盲人，其他人好像感觉不到身边正在发生的一切。

右前方是一个乞讨的小男孩，正在垃圾桶里捡着他想要的东西。

透明人不理解小男孩在这么混乱的时刻还要捡着垃圾，将头转了过来，直面前方正在呼啸而来的陆地攻击车，透明人在甩胳膊的一瞬间，一门迫击炮出现在他的眼前，炮口对准了向他靠近的车辆。

当陆地攻击车在他的视野里亮相的那一瞬间，透明人毫不犹豫地扣动了扳机，凶猛地火力将冲在最前方的一排车辆掀翻腾空而起再重重地摔倒在路边。

不远处正在指挥战役的猫人甲，此时再也按捺不住自己的心情，喃喃地自语："该是放烟花求救的时候了。"猫人甲说完，就按下了手中的遥控器，天空中顿时被烟花笼罩的五彩斑斓。

红色烟火组成的"请求支援"四个字母染红了魔法学校的上空，大怪莫尼正在和伙伴们聊天。突然间，被这不知何来的红光迷惑，顿时鸦雀无声。每个魔法师都在心里猜测着，这红色的光体究竟从何而来？

大怪莫尼没有让自己停步，他第一个站起身来跑到了窗前，眼前的烟花不正是透明人现身的暗号吗？

他开心地笑了笑，转身将这个消息告诉了大家。

"他们在请求支援，这一时刻终于等到了。"大怪莫尼兴奋地看着伙伴们。

"这的确是个好消息，抓到透明人，解放全人类，是我们的使命，我们也为这一天的到来做好了准备。"劳尔谈着自己的感想。

"可以大显身手了！好久没有操练过我的魔法了。我要让那个家伙尝试我的厉害。"克里自信地表达着自己的想法，却被科比无情地泼了冷水。

"你以为你的魔法很厉害吗？只不过是我魔法的一半能量。就凭你抓到透明人，我也只是呵呵。"

"你不要太过分了，科比，现在是齐心协力抓住凶手的时刻，不要在这里说风凉话。"劳尔看不过去上前指责着科比。

"够了，不要吵架了！现在准备一下赶快出发。"这个时候还有闲情逸致吵嘴，大怪莫尼很生气地打断了他们的对话。在这个危急时刻早已顾及不上想那么多了，万一去晚了，透明人跑了怎么办？想到这儿，大怪莫尼拨开人群冲了出去，其他被安排到这次行动的人也都跟上前去。

"大怪莫尼，等等。"一个熟悉的声音叫停了大怪莫尼急促的脚步。

他停下脚步转过身子来看见了一个熟悉的身影。"罗丽丝教授？"大怪莫尼停下脚步看着赶过来的罗丽丝教授，急忙上前迎接。

"大怪莫尼，带上我们的祝福去拯救人类，也是对你最好的考验，你的魔法现在可以好好地使用了。邪恶永远都无法战胜正义，你是正义的化身，你一定可以胜利而归的孩子。"

"还有，记得把贝利带回来，他属于我们魔法学校，也属于你们的一分子，任何时候，任何情况下，你们都是一个团队，不能让任何人掉队，不能。"

"我一定完成任务罗丽丝教授，相信我！"大怪莫尼安抚着罗丽丝教授，虽然他也不清楚这次的任务是否顺利，但依然想着不能让罗丽丝教授为他太担心。

听了大怪莫尼的话，罗丽丝教授重重地点了点头。

"我相信你孩子，去吧，为了荣誉，为了所有人。"罗丽丝教授抚摸着大怪莫尼的头，坚定地相信自己的学生一定可以完成任务。

课堂内还有四十多位眼睛在盯着自己，大怪莫尼深感任务艰巨。但他眼神没有丝毫地犹豫。

大家看着大怪莫尼那如此坚定的眼神，每个人心里都变得很踏实。在所有魔法师看来，大怪莫尼一直都是非常靠谱的同学，大家也都用坚定地眼神回应着即将出发的大怪莫尼。

"记得带回贝利！"乔斯说着心里想念的同桌，他已经很久都是一个人坐在一张课桌上了。

"会的，会带贝利回来的。" 大怪莫尼重重地点着头，不想再耽误时间，转身拿起魔杖，跨步向烟花的方向追了过去。

马丽娜、劳尔、克里随后也跟了上去。

罗丽丝教授站在原地看着他们远去的背影，心里早已乱得不知在想些什么，但令他欣慰的是大怪莫尼每一次完成任务之前那种足以让人信服的眼神完全可以让自己不必太多的担心。

大怪莫尼和伙伴们飞快地沿着烟花指引的方位，很快找到了正在疯狂作恶的透明人。

宽阔平整的大街上，满地躺着四脚朝天的轿车像是在睡大觉，那一闪一闪的尾灯和那有着节奏的报警声响，像是在打着呼噜。

一切在大怪莫尼和伙伴们的出现后，现场才显得稍微平静了一些。

透明人站在原地，凝视着对面的大怪莫尼和他的小伙伴们。

大怪莫尼和小伙伴们也用同样的眼神注视着眼前的透明人，这回透明人可在劫难逃。

"不要再反抗了，你只要配合我们去医院做一个手术，一切都会很美好。利达，想一想自己的母亲多久没有见到自己了？"大怪莫尼边往前走边劝说着眼前的这个疯子家伙。

"你还是保护好自己吧，大怪莫尼，小心我吸干你的血。"透明人抬起右臂发射了一道蓝光射向大怪莫尼，大怪莫尼用手中的魔法棒回应着，两道强光在交叉的时候发生了巨大的爆炸，爆炸后产生的冲击波都将两人狠狠地甩飞了出去。

大怪莫尼捂着胸口站起身来。

透明人也在硝烟弥漫过后看得更加清楚，他正在向大怪莫尼和他的小伙伴们走来。

"让我来试试！"面对透明人的嚣张气焰，劳尔没有丝毫胆怯，迎上前去。

透明人先是向劳尔发起了攻击，子弹穿破地表皮、溅起的石头颗粒狠狠地砸在了克里身体上，现场一片狼藉。

大怪莫尼见劳尔受了伤，忙招呼马丽娜和克里前去照顾。自己走向透明人的方位。

透明人继续像疯子一般扫荡着眼前的一切，赶来的猫人斗士几乎要被他消灭完，但这个家伙并没有收手的意思。

大怪莫尼用魔法去阻挡着他疯狂的举动，其他人匆匆疏散着过往的人群，每个人的脸上都写满了恐惧，有的惊慌乱跑，有的相聚在一起失望的等待着死亡的来临。

"我来协助你莫尼。"克里赶了过来。

大怪莫尼点了点头，用手中的魔法棒一瞬间将透明人手中的武器变成了一根破竹竿，透明人发现手中的武器变成了破竹竿，顺手就将破竹竿丢在地上。

他依然不愿意放弃抵抗，透明人变本加厉，他的双臂都变成了重武器，克里还没有反应过来，一通强悍的火力冲向了自己，大怪莫尼急忙拉住了他才躲过被烧伤的可能。

急速而来的火球重重地砸在了消防水管上，只见被打中的水管喷出百米高的水柱，像是泄洪了一样的壮观，大水很快就淹没了整条街道，大水继续上涨。

如果这样子持续下去，中央大街很快就被全部淹没。

透明人看到眼前的景象惊喜万分，得意地看着眼前的大怪莫尼和克里，好像魔法师对自己也没有丝毫办法。

猫人守护着惊慌时乱的人群，马丽娜拖着受伤的劳尔挤在人群中，眼看大水就要漫过整个身体。大家心里更加慌张，每个人都像是等待着死亡降临一样放弃了所有的念头。

克里发现了人群中的状况，呼喊着马丽娜和劳尔。这时候，大怪莫尼开始担心马丽娜和劳尔。

大怪莫尼后退了几步，低头看着大水已经快要到了自己的腰部。他不能等下去了，他要用魔法拯救这些无辜的市民。

　　大概莫尼拿起魔法棒，指着摇晃的水面。一艘大船从水底慢慢腾空而起，浮出水面。大怪莫尼示意大家抓紧时间登船，以免被大水无情的夺走了生命。

　　所有人欣喜的看着这一幕，大家都在为大怪莫尼叫好。

　　眼前的战斗还在继续，每个人都在心里默默地祈祷，祈祷着大怪莫尼能够降住这个令人毛骨悚然的坏家伙。

　　透明人见眼前的人群都上了大船，透明人举起炮口对准了大船的方向开了一炮，大怪莫尼用魔法将炮火引回到透明人的方向，透明人一看炮火冲着自己而来，立即躲闪着，可能是由于水的阻力，透明人躲闪的速度明显放缓了许多，被炮弹无情的击中了左臂。

　　透明人扶着受伤的左臂，将怒气全部集中到了大怪莫尼的身上，对着大怪莫尼连续开火，大怪莫尼依然用魔法将这些炮火引导向透明人的方向，这次因为是连续的炮火攻击，透明人被炸得全身烧焦痛苦的挣扎着，叫喊着。

　　站在大船上的人们为这一幕欢呼雀跃，就连马丽娜和劳尔也兴奋的相互抱在一起祝贺。但大怪莫尼没有丝毫的放松，因为透明人身体内的混血基因有很强大的修复能力。果不然，透明人又恢复了原貌站在原地。只听见大船上的人一片哀嚎。

　　看来这不是一场简单的决斗，想要战胜透明人，只有想办法将他身体内的混血基因取出才可以。

　　大怪莫尼看了看克里，看了看守候在身后大船上的人群，他们寄托的眼神给了大怪莫尼无限能量，自己就算是拼了也要将透明人消灭了，为了无辜的群众，为了无辜的贝利，为了无辜的利达，拼了。

大怪莫尼看着眼前的透明人，地面的水流也已经越来越高了，如果再不抓住机会，很可能透明人借机会再次逃跑，或者隐藏起来那就麻烦了，想到这里，大怪莫尼径直走向了透明人的方向，眼看越来越近的时候，透明人一个跳跃钻进了水里。这是大怪莫尼最不想看到的，但还是发生了。

他有些讨厌自己行动迟缓，使劲的用拳头砸向水面。

"他跑了。"克里第一个发出警告声。

"小心大船，保护好人群。"大怪莫尼担心地提醒大家保护好大船上的群众。

所有人被这突如其来的变化弄得有些慌乱，只见马丽娜、劳尔、克里尽可能的安抚着人群，希望他们能够安静下来。

就在这个时候，一个小男孩看到了水面一个游泳的影子，但他并不确定的叫了出来，"妈妈，看，是一条鱼。"

孩子的妈妈一把搂住了孩子，将孩子抱的更紧了一点。她更担心是刚刚消失的透明人。

妈妈的猜测是对的，透明人开始破坏大船，大船摇晃的很厉害，眼见就要有人落水。一个、二个……

"这可怎么办？有人掉到了水里。"克里看到有人掉进水里，马上跳进水里救起落水者。

每个人惊慌失措，劳尔盯着水面观察着水面的一切变动，水面起起伏伏、一会漩涡暗流、一会波涛汹涌。每个人看起来都很紧张，大家拥挤在船的角落，大船明显有倾斜的危险，马丽娜劝说着大家保持安静。

水面突然冒起了水泡，是透明人从水面闪过时，眼快的劳尔看到并大喊一声，"快闪开克里。"劳尔变成的雄鹰直冲向水面，死死地叼住了透明人，但他闪动着翅膀起身时，好像又什么也都没有抓到。

"他出血了，好样的劳尔，好样的克里。"透明人身体被抓出一道深深的伤疤，伤疤处在往外慢慢的出血，大怪莫尼看到后赶快告诉同伴，他一开始的担心变成了期待的结果。"很好，想办法吸掉他身上的血液，那血液有毒要小心被感染。"大怪莫尼大喊着提醒同伴。

"我来！"马丽娜跃身变成了一个巨大的蚊子，贴着水面飞行边择机吸食藏在水里透明人伤口处的血。

透明人在水里隐蔽了起来，但鲜血暴露了他的位置。

"在那！"克里指着鲜血染红的水面告诉马丽娜发现目标。

"小心点马丽娜，不要靠他太近。"大怪莫尼担心地提醒着小伙伴，那个家伙现在可是危险极了。

马丽娜听到大怪莫尼的提醒，变得小心翼翼。即便是这样，透明人突然从水中跃起好几米高，瞬间就将马丽娜带入了水里。

一下子情况变得复杂了许多，大怪莫尼见状一头扎进水中，朝着透明人的方向追去，马丽娜被透明人拖着前行，大怪莫尼拿起魔法棒紧追其后，在透明人没有防备的时候成功地救起了马丽娜，并用魔法棒送马丽娜回到大船上。

"你还好吗，马丽娜?"船上的克里赶紧半蹲着扶起躺在船舱的马丽娜，希望她平安无事。

"我没事！你快去帮大怪莫尼。"马丽娜睁开了眼睛，心里想着大怪莫尼可能会有危险就让克里去帮忙。

"好！我这就去。"克里扶马丽娜起身后，自己一个转身跑到船舱边准备跳水。

"不，你保护好人群。"皮特刚变成的巨大蚊子在劳尔的劝阻下又变回了人样，只好留在大船上照顾着大家。

"把他引出水面，莫尼。"劳尔向水中的大怪莫尼喊着话。

"好的，我再找机会。"大怪莫尼变成了各种可以把透明人推向水面的东西，但都没有成功。

劳尔看在眼里，急在心上，就在这时，劳尔发现了远处那个爆裂开的水管，还在不断地向外喷着巨大的水柱。

机会来了，"向水柱的方向引。"劳尔的叫喊声引起了大怪莫尼的注意，大怪莫尼想着办法慢慢地将透明人引向了水柱的方向，水流越来越急，眼看就要接近水柱的方向，透明人发现不对劲，掉头刚要跑但已经晚了，一股巨大的水流将透明人和大怪莫尼一起卷入漩涡中，然后高高地喷向高处。

劳尔和克里看到了机会，骑上魔杖冲了过去，接近透明人的时候，瞬间变成了巨大的蚊子，趁乱时将鼻管插入透明人的体内，一起吸食透明人身体内的血液。

劳尔和克里吸入体内的混血基因不安分地闹腾着，他俩的身体不断地在发生着变化，一下子变成红色、一下子变成黄色、一下子全身长了长毛、一下子脑袋大的可以当球踢，船舱上的马丽娜紧张地注视着眼前的一切，每个船上等待营救的人担心着，大怪莫尼担心着。

"快看！透明人身体发生着变化。"劳尔对身边正在卖力吸食透明人身体内血液的克里说。

"我们身体好像也在发生着变化。"克里看着自己身体变换着不同颜色，担心着根本听不进去劳尔的话。

"哦！该死！怎么会这样？我还能不能活下去。"劳尔在克里的提示下才观察了一下自己的身体，看到后把自己吓一跳。

"这是一个好消息！透明人已经没有任何反抗了。" 加把劲，就快成功了。

但是大家不会想到，透明人可不是这么好对付的。

刚才是巨大的水柱冲昏了透明人，他苏醒的时候，劳尔和克里就遭殃了。

透明人睁开了眼睛，看见两只大蚊子正在吸食自己身体内的血液，奋力起身避开两只巨大的蚊子。

刚才还抱有希望的人群，看到这一幕又紧张地拥挤在一起，马丽娜无奈地又开始忙活安慰大家。

大怪莫尼这时候也睁开了眼睛，看着自己被巨大的水柱推向高处，举着手骑着魔杖冲向了透明人。

透明人被追赶的躲来躲去，他知道进入大船上的人群自己才会摆脱魔法师的追捕。

想到这里，本来还四处逃跑的透明人掉转身体，冲向大船上的人群。

"不好，透明人冲向人群的方向。"大怪莫尼看到后立即通知劳尔和克里截留，不能让透明人伤害到任何人。

接到指令的劳尔和克里急速俯冲了下去，但还是晚了一步。被透明人抢先了，透明人突袭的速度太快了，人群根本来不及反应，人群受惊后四散而逃，也挡住了劳尔和克里的去路。

突然，人群中出现一声惨叫声，一个无辜的人被透明人刺穿身体吸食着血液，大怪莫尼见状，一个俯冲下来，冲向透明人的方位。

透明人预感到了危险，不再吸食无辜的人身体的鲜血，从大船跳进了水里。

"这可怎么办大怪莫尼！他总待在水里跳。我们在明处，他在暗处。"劳尔内心着急地看着大怪莫尼。

"是啊！趁他还没有完全恢复能量，我们要想办法抓到他，再跑了我们就没有办法交代了。"克里也很担心，看着大怪莫尼。

三个人围在一起讨论着，好像没有更好的办法。

马丽娜又一次安抚了人群跑了过来，"试试这个！"

"什么东西？"

"是盘头发用的。"大怪莫尼向提问的克里解释。

"他看上去像个针头，很锋利的样子？"劳尔小心翼翼地观察着大怪莫尼手中的器皿。

"是的，我平时盘头发用的，我叫它银针。用银针的针头扎进透明人的体内，想办法放干净他体内的鲜血，混血基因也会随之流出，他就真的完蛋了。"马丽娜说罢，转身看着大怪莫尼，"全靠你了，莫尼。"

大怪莫尼看着马丽娜点了点头。他在想着办法。

"他的伤口处已经不流血了，他的身体自我回复很快。就算我将他全身扎透，他恢复的速度应该比我扎的速度还要快吧。"克里很是担心，怕无功而返。

"魔法书上有记载，银器扎到伤口是很难愈合的，所以可以试试。"马丽娜将科普知识说给三个小伙伴听。

"可以试试！克里你去把针头插入透明人体内，我和劳尔在后方支援你，马丽娜你继续留在船上。"大怪莫尼给大家仔细分工，担心漏掉了任何细节。

克里接过大怪莫尼手中的银针，转身跳进了水里。

克里在水里找了很久没有看到透明人的藏身之处，因为透明人在水里已经和水几乎融为一个颜色，很难被发现。

船上的大怪莫尼仔细地看着水中的动静，仅能靠水面的波动去判断透明人的位置。

大家等得很着急。

许久依然没有透明人的动静，就在大家以为透明人可能不知不觉逃跑了的时候，克里突然被藏在身后的透明人拽住了脚，正往深水处拖。

看到水里有挣扎，但就是看不到克里。大怪莫尼心想，克里再受困下去就会没命。大怪莫尼情急之下提起魔法棒收复了眼前的一片汪洋，克里和透明人瞬间暴露在阳光下。

巨大的船体重重的砸在了地面，砸出了一个很大的坑。

人群又一阵骚动。

大怪莫尼见克里受困，被透明人死死地按着脖子，大怪莫尼骑上魔杖俯冲下地面，在接近两个人的时候用魔法收回克里手中攥着的银针，直冲云霄，当大怪莫尼再次俯冲下来的时候，那根银针深深的插在透明人的身体内，绿色的血液流淌了出来，染绿了大地。

大怪莫尼收起身子站在原地一动不动地看着眼前的透明人，看着他伤口处果然很久都没有愈合的现象，微笑着预感胜利就要降临。

看到这一幕，劳尔来到了大怪莫尼的身边，克里站起身子舒缓了一下，也围拢了过来。

大船上的人们围在大船的护栏上紧张的看着下面正在发生的一切。

透明人开始还在努力挣扎，但没过多久就已经奄奄一息趴在地上一动不动，伤口处的绿色血液也逐渐减少，这个时候，所有人都观察到透明人的身体正在慢慢发生着变化。

看到这一幕的克里忍不住叫出了声："快看！他的身体在发生变化。"

所有人也都躁动了起来，大家纷纷议论。

大怪莫尼看到了希望，心里特别高兴。但他一直压抑着自己内心激动的情绪，他要一直等到透明人全部恢复人身才能够让自己彻底的释放自己。他没有丝毫的放松，继续紧盯着眼前的透明人。

透明人从脚步开始发生变化，一直到头部用了一些时间。这个过程是在大家的眼皮底下完成的。

当人群再送去提心吊胆的眼神时，一个完完整整的人躺在地面一动不动。

"我们成功了，我们完成任务了！"大怪莫尼再也不想压抑自己，大声的对所有人喊了出来。

一时间，船上的人为眼前的孩子深情地鼓着掌。大家相拥而泣，每个人等待这一天太久了。

马丽娜走下船，劳尔拾起疲惫的身子，克里会心地一笑。大家围拢到了大怪莫尼的身边。每个人送给大怪莫尼一个拥抱。

大船上的人们纷纷跑下大船，用各种方式表达着对大怪莫尼的感谢，其余的人奔走相告着好消息。

大怪莫尼和他的小伙伴们被掌声和欢呼声包围着，一起庆祝这令人难忘的一刻。这一刻大家等了太久，但一切都是值得的。

大怪莫尼也想让自己彻底地放松了，他甩了甩紧张的肌肉，情绪看起来平复了许多，他拥抱着别人也接受着别人送来的拥抱。

此时，消灭透明人的好消息已经传到了安保局巴库局长的耳朵里，传到了玛特魔法医院、传到了所有人的耳朵里、传到了曼格顿兹魔法学院。

大家都开心地笑着，每个人脸上露出了那久违的喜悦。

第十七章　　重燃生机

玛特魔法医院的医生看起来比平时更加忙碌了一些，因为大家都在等待一位特殊的客人。就是感染了混血基因的利达。

他要在手术台上做一个细胞移植手术才会彻底清醒。

利达躺在魔法担架上，轻轻飞进准备手术的病房。另外一边躺着的是贝利，那个一开始就倒霉传染上混血基因的孩子。

烛光飞起盘旋在病床上空时，手术有序的开始了。

手术刀、钳子、等各种手术工具忙碌着飞来飞去，一会跑到苏菲娜主刀医生的手里，一会飞到劳斯医生的手里。现场看起来杂而有序，医生和手术工具看起来一样的忙忙碌碌，但又配合得非常默契。

病床周围挤满了人，大怪莫尼和大家心情一样的坐立不安，大家都期待着，围在病床周围一圈等待着两个孩子苏醒的好消息。

“我好期待！我想贝利看到我们一定很吃惊。”马丽娜小声地告诉身旁的大怪莫尼此刻的心情。

“是的，没错。我们已经很久没有见面了。期待他赶快醒过来。”大怪莫尼看着马丽娜，表述着自己此刻的心情也是相同的。

“听说魔法医院的医术高超，我已经做好了迎接贝利苏醒的准备。是的，我会给他一个拥抱。”克里焦急地在一边自说自话。

他的话被正在工作中的手术刀听见了，手术刀在作业完后起身飞到克里的耳边轻轻地说：“没错孩子，你完全可以放心。我们从来没有失败过。”

“那我就放心了！这可是一个好消息。”克里满意地点着头。

"听说都是大怪莫尼的功劳，是吗，孩子们？"正在动手术的苏菲娜医生忍不住插了一嘴。

"是的，苏菲娜医生，你的消息很准确。我为大怪莫尼感到高兴，他是我最亲近的表弟，我爱他。他拯救了人类，是他让这个城市又恢复了往日的繁荣和安全。大家生活在这里很快乐。"劳尔提到表弟就不停地夸奖。

听到表哥使劲地夸赞自己，大怪莫尼不好意思，连连摇手，"没有没有，我只是做了我应该做的。只是我运气好了一些，换成任何一个魔法师，都会消灭掉透明人的。"

"大怪莫尼，你是个谦虚的孩子。你做得非常好，苏菲娜医生代表整个魔法医院向你致敬，你真的很棒，孩子。"苏菲娜一边认真地工作着，一边和孩子们聊着天。

手术在孩子们的围观下继续进行着。

忽然，贝利的手指动了一下，被细心的马丽娜看到了。

"快瞧，贝利的手在动。"马丽娜是吼出来的，激动得已经不行了。

"他，他，他的手指也动了一下。"克里激动得言语都变得磕巴，但他明显很激动，手舞足蹈，情绪像是失控了的病人。

"真是一个好消息，谢谢你苏菲娜医生、劳斯医生、还有你们。"大怪莫尼表达着内心的感激，也不忘与忙碌中的手术工具打着招呼。

"不客气！救死扶伤是我们的职责。但还是要感谢你刚才说的那些话，很感激大怪莫尼。"苏菲娜感动地接受了大怪莫尼的表扬。

"好了，手术做完了。我想他们很快就可以苏醒过来。"苏菲那医生缝合伤口线的那一刻说出了安慰大家的话。她知道大家都在着急地等着。

病房里刚才还忙碌的吵闹声慢慢安静了下来，贝利先睁开了眼睛。他扶起身子看着眼前的大家，再看看自己。

此时的贝利完全不记得发生了什么事情，只知道好久没有见到大家了，没有见到大怪莫尼了。

大怪莫尼上前给了贝利一个久违的拥抱，"没事的，你已经好了。故事有点长，回到学校我再慢慢给你讲。"

贝利听得一脸迷茫，但他相信大怪莫尼说给自己的话。发生过的事情虽然有待去发现，但他觉得一定发生过什么事，只是现在已经完全想不起来而已。

马丽娜接着也送上了祝福："很高兴见到你贝利，好久不见！"

"是的，非常想念你我的好朋友，我还以为再也见不到你了。你恢复得很好，看你的精神多好啊！"

"我们为你高兴，你再也不用承受来自混血基因的折磨了，它已经一去不复存在了。"

孩子们一个接一个的表达着此刻的心情。但最后劳尔的话，似乎勾起了贝利点滴的回忆。

贝利走下床，来到了旁边床铺。看着还没有苏醒的利达，他感觉躺着的利达很熟悉，但又很陌生。他相信他之前见过这个人，但怎么也想不起来。

就在贝利纠结眼前躺在病床上的这个人在哪里见过时，利达苏醒了过来。

"我这是在哪里？我的母亲呢？"利达苏醒后的第一句话。

"是他救了你，不然你就永远见不到你的母亲了。"苏菲娜医生告诉利达眼前的大怪莫尼是他的救命恩人。但或许利达已经完全记不起来。

"不完全是我，是我和我的小伙伴们一起救了你。"大怪莫尼走上前，一只手扶在利达的手臂上，告诉他这一切的功劳归功于大家的努力。

"太感谢了！我要去我的妈妈，我已经好久没有见到她了。"利达用最真诚的眼神注视着大怪莫尼，表达着内心最想说的话。

"听说你的母亲就要到了，她已经知道你的事情了。"苏菲娜的私人医生助理刚说完，就见一位慈祥的老人走了进来。

"妈妈！"

"孩子！"

"你受苦了孩子，见到你真的太开心了。"

"妈妈！真的好想你！你看起来瘦了好多。"

"孩子，你的事情刚才医生都和我说了，真的感谢上天能让你再回到我的身边。这对我来说，已经没有什么比你更重要了，我的孩子。"

"妈妈……"

母子两个人的对话持续了一会儿，在场的人都感动得流下了眼泪。

曼格顿兹魔法学院比往常热闹了一些，魔法师们正在准备着丰盛的大餐迎接同学们凯旋归来。

每位魔法师都准备了一份自己准备的食物，虽然看起来千奇百怪，但每一份都算得上美味佳肴。

罗丽丝教授也早早的换好了新装，焦急地等待着孩子们回来。

课堂里的中央走廊突然一缕白烟，大怪莫尼现身课堂，身后跟着马丽娜、劳尔、克里，还有多日不见的同学夏利。

魔法师们再次见到大怪莫尼像是在迎接英雄一样，大家都起身围拢了过来，想第一时间听听这个精彩的故事。

罗丽丝教授也赶了过来，同样被魔法师们包围在走廊的中央。

"欢迎你们回来，孩子们，你们做的很棒。"罗丽丝教授说完，转身走到贝利的身边说："欢迎你回来，孩子。"

"我也是，很高兴见到您。罗丽丝教授。"贝利上前给了罗丽丝教授一个深情的拥抱，他再次见到眼前的这位可爱老人，心中由衷地感到高兴。

"回来就好！我们大家都在期盼着这一天。现在你又可以和同学们一起上课了，简直是太高兴了。"罗丽丝教授心疼地抚摸着自己的学生，看他恢复得很好，心里总算是踏实了。

罗丽丝教授安抚完贝利，接着和回来的每个学生拥抱着，最后一个停留在大怪莫尼身边，他看到这些孩子们的成长，心里说不出来的欣慰。特别是想感谢大怪莫尼，他在魔法学院的成长是有目共睹的。经过了这一次的考验，他又成长了许多。罗丽丝教授激动地表达着心中的感言，"亲爱的大怪莫尼，你做得很好，你是曼格顿兹魔法学校的骄傲，我为你感到由衷的高兴。孩子。"

在罗丽丝教授心里，此时此刻想到最多的就是学生们通过自己的努力，证明了自己的清白，证明了魔法学校的清白。还有什么比现在这一刻感到幸福呢？

这一切的功绩，感谢魔法学校！感谢大怪莫尼！贝利也终于回到了母校的怀抱。大家一起为贝利回来高兴着，为大怪莫尼的胜利庆祝着。

这一天，大怪莫尼的名字被这个城市牢牢地记住了，魔法学校勋章墙上也留下了大怪莫尼的名字。相信它的存在，会陪伴大怪莫尼走完他的一生。

所有的祝贺都没有让大怪莫尼冲昏头脑，因为接下来的路还很长，一个接一个的坎还要去走完，他只是希望世界和平，人类能够和平共处。

魔法学校的课堂里也恢复了正常的教程，每个魔法师都学习的很认真，罗丽丝教授继续教学生们新的魔法。

魔法学校的教室内魔法师们继续练习着新学来的魔法，每个人都在展示自己的技能，大怪莫尼依然是最早掌握新魔法技能的孩子，他在操练着更大更炫酷的魔法，当同学们给他鼓掌的那一刻，还是那么腼腆的微笑着。

这个世界在没有了透明人存在的那一刻，整个地球都安静了，一切都像是重燃生机。

这个世界需要英雄，因为他们的存在世界才变得更加的美丽，也因为有了他们的存在世界多了一份期待，至少这个时代需要大怪莫尼，他也必将成为大怪莫尼的时代，它会载入史册，它将迎来人类的春天。

一切万物复苏，生活迎来崭新的气象，每个人似乎又恢复之前那鲜活光亮的样子。